登場人物
鷹丘潤子
冒険者ギルド東京店
受付嬢 杉村
冒険者ギルド東京店
店長 松島

美味しいダンジョン生活

神谷 透子

ぶんか社

C O N T E N T S

プロローグ

「ええ!?」

バタンという大きな音で、自分が思わず床下収納の扉を放してしまったことに気付く。しかし、再び開けるのは躊躇《ためら》われた。何故《なぜ》ならそこに、思いもよらない物を見つけてしまったからだ。

――落ち着いて、潤子《じゅんこ》。一度冷静になろう！

会社から帰って夕食を作っていた。今日は簡単にアジの開きを焼いた物と、味噌汁《みそしる》だけでいいやと思い、干物《ひもの》を魚焼きグリルに入れて焼きながら大根と油揚《あぶらあ》げを切った。お湯が沸《わ》いたところで出汁《だし》の素を入れて大根を入れる。火が通ったところで油揚げも入れて味を付けようとした。

――そう、お味噌がちょっと足りないなぁって思ったのよ……。

冷蔵庫を調べても予備はなかったので床下収納を開いたのだ。味噌や醤油《しょうゆ》といった保管用調味料はそこに入れてある。

――でも……。

床に膝を突いてマットを外す。取っ手を回し思い切り引っ張った時、いつもと全く違う光景が広がっていた……。

そこまで記憶を辿《たど》ってから、潤子は再び床に目を向けた。完全に閉まりきっていない床下収納の蓋《ふた》。その端に手を置いて恐る恐る隙間《すきま》を覗《のぞ》き込む。そこには……。

「これって……ダンジョン？」

調味料の詰まっているはずの床下の空間には、大きな黒い渦《うず》が広がっていた。

第一章

西暦2019年2月23日午前8時半ごろ、鷹丘《たかおか》潤子は新宿駅に降り立った。

「まさか私がここに来るとは……」

目的のドアを前に大きく息を吐く。胸中になんとも言えない複雑な思いが湧《わ》いた。でも、ここまで来たのだ。入らない訳にはいかない。自動ドアに軽く触れ、室内に足を踏み入れた。

店内の五つのカウンターは既に埋まっていた。その後ろに順番待ちの列ができている光景は駅で切符《きっぷ》を買うみどりの窓口に似ている。潤子は室内を一瞥《いちべつ》し列の最後尾に並んだ。十番目くらいだが手続きにあまり長くはかからないと聞いているので、30分ほど待てばいいか、と判断した。

「見て、あのおばさん。あんな人もダンジョンに入るみたいよ」

「おばさんだからさ。何やっても駄目で、ダンジョンが最後の希望だと思ってんじゃやねぇ?」

まだ大学生ぐらいの男女が潤子を見てくすくすと笑う。彼らには潤子が、色々なダイエットに手を出し失敗を繰り返すような、金と時間を浪費《ろうひ》する中年女性に見えているのだろう。

――別にいいけどね……。

若い彼らは幸せなのだ。いずれ自分も年を取り、若者から同じように貶《けな》される日が来ることに、まだ気付いていない。

だが、ダイエット目的の参加者が多いのも事実だろう。潤子の後ろに並び、しきりに汗を拭く人たちは、ぽっちゃりとは呼べないほど丸い体型をしていた。

話す相手もいないので無言で周囲の壁を眺《なが》める。みどりの窓口との大きな違いは壁の張り紙だろう。格安のパッケージツアーやおすすめの旅先の案内はなく、ここにある物の大半は注意事項だ。

『体調管理に気を付けろ』とか『何があっても自己責任』といった趣旨《しゅし》の文面が幾《いく》つも並んでいる。

それらをぼんやり眺めていると、やがて潤子の順番が来た。

「おはようございます。冒険者登録所にようこそ！　新規の冒険者登録ですか？」

20代半ばといった女性の、元気な声が心地よく耳に響く。

「はい。それから、今日はダンジョンエクササイズも受けに来ました」

「かしこまりました。エクササイズのご予約はお済みですか？」

「はい。10時に申し込んでありります」

「かしこまりました。それではこちらに必要事項の記入をお願いします」

差し出された紙に名前・住所・生年月日・年齢・職業・勤務先……。そういったパーソナルデータを書き込み提出すると、受付の篠村《しのむら》という名札を付けた女性が受け取り丁寧《ていねい》に確認した。

「登録には住民票の写しと写真付きの身分証が必要になります」

用意していた書類と運転免許証を渡す。免許証の写真と潤子の顔を見比べ、篠村は「少々お待ちください」と言ってシステムに入力を始めた。

「恐れ入りますが、こちらにあなたの血を一滴、付けてください」

差し出されたのは使い捨ての針と、右上に窪《くぼ》みのある白っぽいキャッシュカードほどの大きさのカードだ。窪みに針で傷つけた人さし指の血を付けると、表面に文字が浮かび上がってきた。

JT－104576
JUNKO　TAKAOKA
1973／08／16　AGE：45
LEVEL：1

どういう仕組みかは分からないが、潤子のIDと個人情報、レベルが表示された。

個人情報に間違いがないかという篠村の問いに、潤子は小さく頷《うなず》いた。

「以上で冒険者登録は終了です。エクササイズの待合室は、この前の通路を右に行った所にあります。ロッカールームなどは室内にいる担当者に確認してください」

笑顔でそう言った篠村からカードを受け取る。手触りは石のようなプラスチックのような不思議な感じだ。受け取ったカードを改めてじっくりと眺める。

——これで私も冒険者か……。

じっくり感慨《かんがい》に耽《ふけ》りたいが、後ろには列が延びている。受け取ったカードをポケットに入れ、潤子は言われた通り待合室に向かうべく登録所を後にした。

□

「10時のダンジョンエクササイズに参加される方はこちらに来てくださーい！」

ロッカールームで着替え、待合室で待っていた潤子は、その声にのろのろと立ち上がった。時刻は9時50分。参加者で集合してダンジョンに向かうのだろう。

ダンジョンエクササイズは初心者への講習も兼ねている。インストラクターからダンジョンの構造や危険、基本的な行動の仕方を教えられた後、武器を使い魔物《モンスター》を相手にする方法を学ぶのだ。

これは現在の日本で冒険者登録をした人は必ず一度は受けることになっており、一回1時間半、参加料は五千円で、基本的に前日までに予約する必要がある。

二回目以降は受ける必要はないが、冒険に興味がなく、運動不足を解消したい、あるいは簡単に痩《や》せたい人は何度も申し込むのだという。

「今日は二十五人ですって」

「空《す》いてて良かったわ。この間は四十人以上いて大変だったの」

経験者らしい女性たちがそんなことを話している。二人は潤子より明らかに年上、60歳以上にも見える。しかしそんな年齢になってでも入ることをやめられないというのは、もうすっかり、ダンジョンがある生活に慣れてしまったということだろう。

——最初は悲惨《ひさん》だったよね……。

潤子はニュース映像でしか知らないが、ダンジョンが現れた当初、とても凄惨《せいさん》な事件が起きた。政府によって封鎖《ふうさ》されていたにも拘《かかわ》らず溢《あふ》れ出した魔物が、多くの市民を襲ったのだ。当時は連日大騒ぎになっていたはずだ。

あの惨事《さんじ》から20年近く経った今は、満足に戦えそうもない高齢者が健康のために入るほどダンジョンは日常的なものになってきている。かつての非日常があっという間に日常になってしまう、時の流れというのはなんとも不思議なものだと、ご婦人方の話を耳にしながら潤子は感じた。

「では皆さん、必要な物が入ったバッグを配ります。これからダンジョンに入りますから、忘れず中身を確認してくださいね！」

インストラクターは三人の若い男女だ。元気な声を掛けながら、参加者たちにバッグを配って行く。中身は飲料水《いんりょうすい》のペットボトルとゼリー状の補給食《ほきゅうしょく》、伸縮《しんしゅく》する強化プラスチック製の警棒《けいぼう》、タオル、絆創膏《ばんそうこう》や消毒液《しょうどくえき》などの救急セットが入っていた。ロッカーの使用料とバッグのレンタル料はエクササイズ料金の五千円に含まれている。潤子も一つ受け取り、先頭の男性インストラクターの後についてダンジョン内に入った。

□

2001年1月。東京《とうきょう》ダンジョンは新宿《しんじゅく》駅の地下通路の壁に突然現れた。

中は10㎞四方程の空間が広がっており、入ってすぐの空間が一階と呼ばれている。最奥《さいおう》に同じような空間が広がる地下二階に降りる階段があり、階層は今のところ、地下七階まで確認されている。

入り口が新宿駅の地下通路であるから、当然地下鉄などと干渉《かんしょう》するはずだが、そこには全く異常はない。

壁にできた大きな黒い渦のような穴を出入りするのだが、その先は全く違う空間に繋《つな》がっている状態らしい。

ダンジョンが鉄道や道路を破壊しなかったことは不幸中の幸いだったと言える。もっとも、通路にあった店舗《てんぽ》は魔物が溢れた時に皆破壊されたため、現在この地下通路にはダンジョンに関わる施設しかない。

渦を抜けた先は広い空間になっていた。地面は人工の床ではなく乾いた土で、茶色の岩肌《いわはだ》が天井まで覆《おお》っている。草や苔《こけ》などの植物は見当たらない。ここは坑道内《こうどうない》に開けた、広場のような場所なのだろう。

——ふうん、中は思っていた以上に、ファンタジーなダンジョンって感じなのね……。

入って来た場所から500mほど奥に行くと壁があるのだが、そこには洞窟《どうくつ》のような大きな穴が見えた。聞いた話によると、中には幾つもの脇道があり、その内の一つに地下二階へ続く階段があるのだそうだ。

しかし、その穴の前には屈強《くっきょう》な男性警備員が二人も立っている。奥に進むことができるのはレベル2以上の者だけだ。さらに、地下二階へ向かうためにはレベル3以上でなければいけない。

当然、冒険者になったばかりの潤子にはその資格がない。

ひとまず奥のことは忘れ、インストラクターの指示に従って音楽に合わせた基礎運動《きそうんどう》やジョギングなど、決められたカリキュラムをこなしていった。

□

「はっ！　ふっ！　はっ、あーっ」

潤子の右手から棒がすっぽ抜ける。これでもう三度めだ。カラコロと地面を転がる棒を慌てて拾い上げる。

「鷹丘さん、大丈夫？　しっかり握《にぎ》ってる？」

何度も棒を落とす潤子に原田《はらだ》という女性インストラクターが心配そうに近寄ってきた。

エクササイズの最後は警棒を使って魔物を倒す練習だ。潤子は最初、武器ならナイフのような刃物がいいのではと思ったが、自分でやってみて棒の良さを理解した。

刃物で生き物を傷つけるというのは結構、心理的な抵抗《ていこう》があるものだ。魔物であっても、どうしても血を流す光景が目に見えるため、そういったものを嫌う人には耐えられないだろう。その点、棒で叩いたりというのは、なんとなく日常で虫などを相手にやってきた行為《こうい》の延長にも思えた。

幸いなことに、一階の魔物であればこの棒で十分に倒せるのだという。

「そんなに持ちにくい物じゃないんだけどな」

「すみません。私、右手の握力が弱くて……」

「え？　でも、鷹丘さんは右利《みぎき》きでしょ？　利き手の力がないってそんなことあるの？」

事情を説明するがよく分からないようなので、彼女の手を取り、右手と左手で交互に握った。

「本当だ、右が弱い！　こんなことってあるんだー」

「右半身にごく軽い、運動障害《うんどうしょうがい》があるみたいなんです。日常生活に支障《ししょう》はないんですが」

「じゃあ力の強い左で振ったら？」

潤子は苦笑し首を振った。駄目なのだ。父譲りで不器用《ぶきよう》な潤子は、左では上手《うま》く振ることができない。母や弟のように元が左利きなら、やろうと思えばある程度はできただろうが、潤子はそうもいかなかった。

仕方なく潤子は警棒を両手で握る。これでは防御《ぼうぎょ》に支障があるだろうが、武器を落とすよりはマシだ。片手用の警棒なので持ちにくいが、今日のところはこれで済ませるしかない。

――あ、でも、バットだったらちょうどいいかも！

両手で持った警棒で魔物を模《も》した的を叩きながら閃《ひらめ》いた。中学まで潤子はソフトボールをやっていた。バットなら持ち慣れているし両手で振りやすい。ただ……。

――問題は当たっても、力が弱すぎて飛ばないんだよね……。

中学時代、素振《すぶ》りは非常に上手いと褒《ほ》められていた。しかし非力なのが祟《たた》り、当たってもボールは遠くまで飛ばなかった。綺麗《きれい》なフォームで当たっているにも拘らず、何故かぼすっと鈍い音がして地面に転がる様を何度も繰り返した。

――こんなので私、本当に冒険者なんてできるのかな？

今更ながらの不安が湧き上がる。拙《つたな》い素振りを続けながら、潤子は小さく溜息《ためいき》をついた。

□

快速電車《かいそくでんしゃ》の空席に座りほっと一息ついた。

思った以上に疲労《ひろう》を感じていたようだ。ダンジョンで1時間歩くとハーフマラソンを走るのと同じくらいの運動量になるという説はあながち間違いではないらしい。座りながら、潤子は昼の出来事を思い出していた。

エクササイズでは1時間のメニューが終わると自由時間があった。疲れた人は壁に寄りかかって休んでもいいし、まだ余裕がある人は歩いてもいい。もちろん、奥に進まなければ時おり現れる魔物を退治しても構わない。

期間中、潤子は原田と一緒に歩きながら色々と質問し、ダンジョン内のことや彼女の冒険者情報を聞いた。

彼女は21歳で、高校卒業後に仲間と一緒に冒険者になったらしい。仲間と週に3日ダンジョンに入り、2日はエクササイズのトレーナーとして働いている。レベルは今9で地下三階がなかなか抜けられないそうだ。

彼女の経験によるとレベルが1上がるごとに体力と魔力が5ずつ上がる。これは彼女の仲間も全員そうなので、冒険者に共通なのではないかということだ。

そして潤子を驚かせ、同時にがっかりさせたこと。それは、体力と魔力以外のステータスの数字は通常のレベルアップでは変化しないという話だった。

ポケットに手を入れて折り畳まれた紙を取り出す。それを開くと、メモ書きが目に入った。

体力：20　魔力：30
攻撃：8　防御：22　敏捷《びんしょう》：15
器用：6　運：1

これは潤子のステータスだ。ダンジョン外ではステータスが見えないと聞いたので、書き留《と》めておいた。

「終わってるよな……」

思わず愚痴《ぐち》がこぼれた。防御力はあるが攻撃力が弱い。敏捷はそれなりだが、器用ではないので効率の良い動きにはならないという、全く冒険者向きでない数字が並んでいる。

何より、運が低すぎる。

「道理《どうり》でいつも外れるわけだ」

宝くじを20年以上買っているが、三千円が一度当たっただけ。組すら揃《そろ》ったことがない。

数学教師であった父には何度も『買うだけ無駄だ』と忠告《ちゅうこく》されたが、買わなきゃ当たりは絶対ないと言い張って続けてきた。母やその知人は一万円や十万円といった購入額より高い当たりが極《ごく》まれにあったが潤子は一切かすりもしない。その原因がどこにあったのか判明した。

——これはドロップ品なんて全く期待できないってことだな……。

気分が重くなった。不幸を呼び込むからとなるべくつかないようにしていた溜息が何度も漏れる。

魔物から手に入る収集品、通称ドロップ品は売却して換金することができる。中には高価な物もあり、それで生計を立てる冒険者もいるくらいだ。

原田の運は20、パーティー全体の平均は15ほどだという。それで五回に一回程度の確率でドロップ品が出るらしい。だがその程度のドロップ率では冒険者稼業《かぎょう》のみで生活することは苦しく、トレーナー業の収入が欠かせないという。ましてや運1の潤子が一人で食べていくことは到底《とうてい》できないだろう。

――上手くいったらブラックな会社なんて辞められるかもと期待したのにな……。

人生が思い通りにいかないことは嫌というほど分かっている。それでもほんの少しくらい、と望むことがあっても、叶《かな》わない。今また小さく宿った未来への期待が小さくしぼんでいく。

車外の晴れた綺麗な風景と裏腹に、突き付けられた現実で潤子の心はどんよりと曇《くも》っていく。

そうして東京から電車で3時間、さらに最寄駅《もよりえき》から20分歩いて自宅に着いた。潤子は上着を脱ぐとリビングのカーペットにごろりと横たわった。

――ついてないのは分かってたけど、とことんついてないんだな……。

その事実に、より強く疲れがのしかかって来る気がした。

□

潤子の人生は上手くいかないことだらけだった。

潤子は中学校の数学教師の父の元、鷹丘家の長女として生まれた。その父の娘として恥ずかしくないよう、勉強も運動も努力して良い成績を収めていた。大人たちは当初、その努力を認めてくれたが……同級生は違った。

『先生の子だから贔屓《ひいき》されてる』『予め《あらかじ》問題を教えてもらってる』など聞こえるように悪口を唱えられるのを、つまらないことだと無視していたら、知らぬ間に周囲から遠巻きに白い目で見られるようになっていた。

それでもまだ教師に理解されていればいいと思っていたが、彼らも手は掛からないが生真面目《きまじめ》で堅物《かたぶつ》の生徒より、勉強はダメだが愛嬌《あいきょう》のある生徒の方が可愛《かわい》いらしい。

潤子のいない所で『鷹丘みたいなつまらない奴より、お前らの方が大人になってからずっと楽しいだろう』などと言っているのを耳にした時には本当に救いがないと感じた。

高校では直接的ないじめはなかったが、ほぼ独り《ひと》で過ごした。一人だけ、部活で生涯《しょうがい》の友と呼べる人間と出会えたことだけが、潤子の人生の中で貴重《きちょう》な思い出になっている。

大学では卒論《そつろん》で必要になる機器の開発が遅れたため、一留《いちりゅう》することになった。

卒業しても就職氷河期《しゅうしょくひょうがき》に当たり、まともな働き口はなかった。仕方なく実家に戻って地元の企業に勤めたが、配属先の部署が1年経たない内に廃止になり、リストラされてしまう。

その次の会社は何年勤めても給料が上がらない。残業代もつかず、年金や税金だけは上がるため、どんどん手取り額が減っていった。挙句《あげく》に代替《だいが》わりした社長は自由に会社を動かそうと古株《ふるかぶ》の社員を次々に辞めさせ、人員をどんどん入れ替えた。次は自分の番だと感じた時、自ら退社の道を選んだ。

今の会社は給与面ではマシだが、毎日怒声《どせい》が響き渡る、精神面できつい職場だ。パワハラにモラハラ……何度労基署《ろうきしょ》に飛び込んでやろうと思ったことか。何年も有休を使っていなかったのに急病で1週間入院しても3日しか認められなかった時は本当に腐ってると感じた。

それでも貴重な収入源だ。45歳になった今では正社員で働ける場所など他にはまず見つからない。できるだけ身を小さくし、静かに過ごすしかない毎日。

そんな中、昨年の10月。両親が突然亡くなった。

飲酒運転の車が起こした事故に巻き込まれたのだ。酔っ払いが追突した車のドライバーは軽傷で済んだが、巻き込まれた両親は二人とも助からなかった。

仲の良い夫婦だった。一緒に逝《ゆ》けたことはまだ救いと思うしかない。それでも……残された者の痛みには無関係だ。

――本当にこの家で一人になっちゃったんだなぁ……。

疲れて帰った家で横になって改めて感じる。『お帰り』も『大丈夫?』の声も掛からない、一人きりの空間。そこにこうしているのはたぶん、自分の責任だ。結婚する気もなく老後のために貯金するだけの人生を送ってきたのだ、妥当《だとう》な結果だろう。

だからこそこの家を守らなければ、本当に全てを失ってしまう。

この家は潤子が小学一年生の時に建てられた物だ。それまではずっと町立の団地住まいだった。

遠い記憶の中に四階のベランダから海を眺めた光景がある。

父は結婚する時、母に『家を建てるつもりはない』と言ったという。母は『それでもいい』と答えたようだが、それから10年も経たない内にこの家が建てられた。

『おうちの中に階段がある家が欲しい』

幼少期の潤子がそう願ったのだと、後になって母から聞いた。団地の最上階に住み、階段は嫌というほど体験していた子供が友人の家で見た階段を上った先が忘れられなかったらしい。潤子自身に全く覚えはないのだが、娘の小さな願いが両親に大きな買い物を決意させたのだ。

目を閉じれば母の顔が浮かび、父の声が聞こえるこの家を今さら離れることなどできない。それに、どこへ行っても独りなら、可能な限りここにいたい。

——だから守らなきゃいけないんだ。どんなに大変でも……！

こみ上げる感情をぐっとこらえ、天井を見つめる。そうだ、そのために今日、冒険者になったのだ。最初の気持ちを再び思い出した。

——まだ何もやってない。泣いても寝てても解決しない！

勢いよく体を起こす。壁の時計は間もなく18時を指そうとしている。

——まだ今日は終わってない……違う、今日から始めるの。

潤子は立ち上がり、着替え始める。数少ない大切なもの、自分が自分であるために必要なもののために、今は何も考えず行動しようと思っていた。

□

２００1年1月1日、21世紀が始まったその日、世界中にダンジョンが出現した。

様々な大きさの黒い渦に取り巻かれた穴に入ると、別の空間に繋がっており、そこには地球上とは違う生物が蠢《うごめ》いていた。

日本に出現したのは三ヶ所、北海道《ほっかいどう》・東京・福岡《ふくおか》だ。正月の人出のある場所に突然発生した黒い渦に人々は大パニックとなった。中に吸い込まれた人々の多くが命を落とし、辛《かろ》うじて助かった人たちが血まみれで脱出する姿は大々的にテレビで放映された。突然発生した理解不能の現象に、当時の政府は入り口の周囲に堅強《けんきょう》な壁を築き、誰も近付けないようにした。

それが間違いだったことは1ヶ月後に判明する。壁が内側から破壊され、大量の魔物が流出する『スタンピード』という現象が起こったのだ。異形の生物が逃げ惑う人を次々と襲い呑《の》み込む、悪夢のようなその光景が、街に設置された定点カメラからネットやテレビに流された。人々の怯《おび》えはピークに達しようとしていた。

それでも自衛隊と警察の必死の対応があり、2週間ほどで魔物の流出が抑えられると、世間の関心は政府の対応のまずさに集中した。

魔物のスタンピードが発生したダンジョンには皆、共通点があった。入り口が封鎖され、人が侵入しなかったダンジョンだけに、そのような事態が起きていたのだ。

アメリカでは五つのダンジョンが現れていたが、どれも早期に軍隊が投入され、被害を出しながらも破壊のための対応が続けられていた。そうでなくとも、冒険心が強かったり一獲千金《いっかくせんきん》を狙う若者が日常的に侵入するダンジョンは、外部に魔物が漏れ出すことはなかった。

臭《くさ》いものには蓋をする。そういった対応ばかりしてきた政府のやり方が、数千人の命を散らす結果となった訳だ。

世論からの激しいバッシングにより、時の政権《せいけん》は支持率を底辺まで下落させた。その一方で、遅れを取り戻すべく政府もダンジョン攻略を始める。まずは自衛隊や警察といった公的組織が投入されていった。

しかし他国に比べ人員の少ない日本では、継続的《けいぞくてき》にダンジョンを攻略し続けることは難しい。そんな中、一般人からも攻略に協力したいという要望が高まり、ダンジョン発生から半年後、漸《よう》く条件付きで一般人のダンジョンへの立ち入りが許されることとなった。

条件は次の通り。

・日本国籍を有する者
・満18歳以上である者（高校生を除く）
・健康に問題がなく、また一定以上の運動能力を有する者
・研修を受け、試験に合格した者

研修は1ヶ月という長期にわたり、多額の費用も必要だった上、ダンジョン内に持ち込む武器や

防具も厳しく管理された。そのため当初は希望者のわずか3%程度しか許可が与えられなかった。

ダンジョンが開放された後、各国が研究した結果、少数の優秀な人物のみより、多くの人間が出入りする方がダンジョンが安定することが分かった。

その報告により、日本でもダンジョン入場者——冒険者になる条件が徐々に緩和《かんわ》された。1ヶ月の研修も半月となり、十日になり……最終的に一日と短縮された。研修期間が短くなるにつれ登録者も増えていき、ダンジョンに入る人間の増加により日本のダンジョンもようやく安定してきたのだ。

2010年、最もダンジョン研究が進んでいたアメリカで、ある論文が発表された。

ダンジョン内では通常よりカロリー消費量が上がり、何もせず中にいるだけでも、通常の倍程度のカロリーを消費するという内容だった。

この発表により世界中でダンジョンダイエットという言葉が流行する。

今までダンジョンには見向きもしなかった女性たちがこぞってダンジョンに向かった。日本では当初、そういった目的でダンジョンに入ることはできなかったが、海外で多くの実績が報告され、また大勢が出入りすることで入り口付近の魔物の出現率を大幅に減少させることが期待され、2015年、法改正により魔物を討伐《とうばつ》する以外の目的でもダンジョンに入ることが可能になった。

それにより研修は、その役目を現在の1時間半のダンジョンエクササイズに譲《ゆず》った。

2001年に世界中で二十個現れたダンジョンは、2011年から新たに出現・発見が確認されるようになる。それ以降は平均して、毎年一個から三個程度見つかっている。

日本において四番目のダンジョンは2013年、高知県庁《こうち》の敷地《しきち》内に出現した。発見後すぐさま政府主導の調査が行われ、半年後には一般開放された。それまで四国《しこく》にはダンジョンがなかったため、九州《きゅうしゅう》に遠征《えんせい》していた冒険者たちへの新たな観光資源として活用されている。

五番目は2016年の広島《ひろしま》市内。この時は潤子の家のように、個人宅内に出現した。それまではどちらかといえば公的な場での出現が主であったため、五番目は今までにない騒ぎとなった。

家主から警察に通報があり、警察が政府に伺《うかが》いを立てたところ、周辺の民家は立ち退《の》きを求められたのだ。ダンジョンができた家が住宅地にあったため多くの人が住む場所を追われることになった。政府の方針への賛成も反対も、大きくメディアに取り上げられ、大騒ぎとなった。

――おまけにダンジョンのできた家に住んでいた子供が、酷《ひど》いいじめに遭《あ》ったらしいし。

自宅でダンジョンを発見した翌日、昼休みに図書館に行き、潤子は古い新聞を調べた。ダンジョンができたことで家を取り上げられ不幸になった家族が、まるで悪魔を呼び込んだかのように周囲から責められたと、ダンジョン出現から1年後の新聞に載っていた。子供はいじめを苦に自殺未遂《みすい》まで起こし、報道したメディアの対応がのちに問題視されたりもした。

――だから私は連絡しない。できる限り隠してこの家を守る。

当時の記事を幾つも読み、潤子はそう決意した。40年近くこの地に住んできた。周囲の住人ともそれなりの付き合いがあるし、彼らに家を捨てさせる訳にもいかない。

かくして、潤子は自分で家を守るべく、冒険者資格を取りに東京に向かった。そこでステータスの酷さに気落ちもしたが、やると決めたからにはやらなくてはいけない。

自宅に現れたダンジョンはおそらくかなり小さい。

研究から、入り口の大きさはダンジョンの大きさとほぼ比例していることが分かっている。実際、日本のダンジョンで一番入り口の大きい東京ダンジョンの一階は、他の都市のダンジョンよりずっと広い。広ければ広いほど大量の人数がダンジョン安定に必要だが、小さい場合はそれほどでもない。

鷹丘家の地下の入り口は東京ダンジョンの大体1／10だ。潤子一人の出入りで賄《まかな》えるかは分からないが、この家に住み続けたいなら頑張る必要がある。もしどうしても抑えられない時は救援を求めればいい。まずは家を手放す日を少しでも先にするためにダンジョンに入り、内部を観察しなければならない。

唯一の自分の居場所、家族との思い出の詰まった家を守る。準備を終えた潤子は、ダンジョンのある生活が日本各地で定着したように、鷹丘家のダンジョンを自身の日常にするための第一歩を踏み出した。

□

「これで外に出たら絶対通報されるな」

そのくらい、鏡に写る姿は怪しいものだった。

運動靴を履き、青いラインの入った黒ジャージの上下、その上に釣り人のようなベストを着て、小さいナイフをポケットに差してある。さらに鼻まですっぽり隠す大きなマスクにバイク用のゴーグル、災害時用のヘルメットを被《かぶ》ったその姿は、不審人物そのものだ。

一応ジャージの下にはサッカー用の脛《すね》当てと、膝と肘のサポーターが防具として装着されている。原田から用心しすぎて身動きが取れないよりは動きやすい方がいいとアドバイスされたので、とりあえずこの程度の装備にしておいた。

「そうだ、バット持って来なきゃ」

玄関の傘立てに差していた木製バットを持って来る。もう30年近く振っていないが、時おり手入れはしているのでまだ使えるだろう。濡らした布で埃《ほこり》を綺麗に拭き取る。

最後に用意しておいたリュックを背負い、準備完了だ。

リュックの中身はエクササイズで持たされた物以外に中古の放射線測定機《ほうしゃせんそくていき》と酸素吸入スプレー、冷却スプレーが入れてある。その他にはジャージのポケットにラップで包んだ投擲《とうてき》用の塊《かたまり》を五個入れておいた。これには小さな石と胡椒《こしょう》と七味唐辛子が大量に詰められている。緊急時の目つぶし用だが、下手に使うと魔物より潤子の方がダメージが大きいかもしれない。

準備を終え、床下収納のあるキッチンに向かう。ごくりと唾《つば》を呑み、扉を引き上げる。三日前に初めて見たのと変わらない、黒い渦がそこにあった。

「特に変化はなし、か……」

一月の終わりに確認した時は、床下収納のままだったから、まだダンジョン出現からそれほど長い時間は経っていないはずだ。

――まだ大丈夫なはず……。

そう考えて立ち上がり、食器棚の横に用意しておいた3.5mの高さの梯子《はしご》を持って来る。両手でゆっくりと梯子をダンジョン内に差し入れ、伸ばした。これは入るためというよりは出るための処置だ。東京ダンジョンのように壁に入り口ができたなら歩いて出入りできる。しかし鷹丘家のダンジョンは地下にできた。入る時は飛び込めばいいが、それでは二度と出られなくなるかもしれない。

慎重に梯子を下ろすと、やがて地面に着いた感触が伝わった。床上に1mちょっと出ているため地面までは2m程の高さがあるのだろう。

リュックを背負い、立てかけた梯子の上に乗る。一段降りるとほぼダンジョンの真上に体を置くことになる。

もう一度大きく深呼吸する。心を落ち着けて右足をダンジョンの中に下ろした。一段降りては上に戻り、体に変化がないことを確かめる。更に一段降りてまた戻り、再度確認することを繰り返す。やがて体が半分ダンジョン内に入った所で手を伸ばし、床に置いたバットを取ってそのまま一気にダンジョンの中に降りて行った。

□

「ここがうちのダンジョン……」

渦の下から地面まではやはり2mほどの高さがあった。潤子は梯子を掴《つか》んだまま周囲を見回す。

東京のダンジョンと違い、この入り口は広場の中心にあるようだった。

入り口の位置を除けば東京ダンジョンとよく似た光景が広がっている。赤茶の地面に岩肌がむき出しの鉱山の中のような風景。だが、細長い楕円《だえん》をした空間は、東京ダンジョンに比べればかなり狭かった。それをぐるりと取り囲む岩壁には三ヶ所の穴が開いている。そのいずれかがまた違う階層に続いているのかもしれない。

「息は問題なくできる」

マスクを少しずらし確認する。どうやらその辺りも東京と変わりないらしい。

ほぅと息を大きく吐き出す。気持ちを引き締め、赤茶の地面に降り立った。

《ダンジョンへの侵入《しんにゅう》を確認しました》

両足が地面に着いた瞬間、そんな声が聞こえた。

《称号〝最初にダンジョンへ入った者〟とギフト〝アイテムボックス〟を取得しました》

さらにその声が続くと、次の瞬間、上空からピカピカと光る直径3㎝ほどの球がゆっくりと落ちて来た。潤子は何も理解できないまま両手でそれを受ける。光の球は吸い込まれるように潤子の掌《てのひら》に消えて行った。

「な……んだったの……？」

状況が理解できないまま呆然と梯子の横に立ち尽くす。すると再びダンジョン内に声が響いた。

《ダンジョンの名前を設定できます。名前を設定しますか？》

急展開に理解が追い付かない。潤子の返答がないためか、再度同じ言葉が聞こえてきた。

――名前……。このダンジョンに名前を付けろってこと？

ぐるぐるとまとまらない思考の中、できるだけ冷静になろうと努力する。逃げることを考えたが、何も分からない時に考えなしに行動するのは危険だ。まずは状況を受け止めてみる。

――名前か……。秘密のダンジョンとか内緒のダンジョン？　……ってそんなの付けたらばれた時に困る。だったら鷹丘家の地下にあるダンジョンだからタカチカとか……。いや、個人の名前はまずいよね。だとすると……。

飼い猫や飼い犬に『シロ』や『トラ』と体色や模様《もよう》で名付けた鷹丘家の人間だ。名付けのセンスなどあるはずがない。ましては大混乱の最中に、まともな考えは浮かばなかった。

「もう、どうでもいい！　『恵《めぐ》みのダンジョン』でどう⁉」

喧嘩《けんか》を売るような物言いで誰とも分からない相手に宣言する。

《ダンジョンは『恵みのダンジョン』と名付けられました。称号〝ダンジョンに名を付けた者〟と

ギフト〝鑑定〟を取得しました》

応《こた》えるような声が聞こえて来ると再び上空から光る球が落ちて来る。それを受け止めると、先ほど同じように光が潤子の掌に吸い込まれて行った。

――……これで終わり？

それきり声は聞こえなかった。呆然《ぼうぜん》とその場に立っていたが、5分ほど経過しても何も起こらない。潤子は再び周囲を見回した。すると梯子の足元に先ほど空から落ちて来た光の球と似た物が落ちている。右手で拾い上げると、同じように手の中に溶け込んで行った。

——この光の球は何？　それに称号とかギフトとか聞こえたよね？
先ほどの声を思い出し、自分のステータスを開いた。

名前：鷹丘潤子　年齢：45歳　レベル：1
体力：20／20　魔力：30／30
攻撃：8　防御：22　敏捷：15
器用：6　運：31
スキル
『暗記Lv．3』『計算Lv．3』
ギフト
『迷宮対応』『アイテムボックス』『鑑定』
称号
『《恵みのダンジョン》発見者』『《恵みのダンジョン》初侵入者』
『《恵みのダンジョン》に名を付けた者』

ステータスを見つめたまま潤子はしばらく口をぱくぱくとさせて、驚きに声を失っていた。声に告げられた通り、称号やギフトが増えている。
——しかも、聞こえた以外の称号もある！

確かにこのダンジョンを発見したのは潤子だから間違ってはいない。今まで気付いていなかったが、発見した日から存在したのだろうか？

しかし、今朝がた東京ダンジョンで見たステータスには、称号もギフトも何もなかったはずだ。

——ダンジョンに触れなかったから？

3日前に見つけた時は触らずにすぐ蓋をしたため、称号が与えられなかった。そう考えれば納得できる。他の称号のように声が聞こえなかったのは、最初にダンジョンに触れたのは潤子自身ではなく、手にした梯子だったためかもしれない。

「《アイテムボックス》は便利だね。ずっと動きやすくなる！」

潤子はいそいそとリュックを地面に下ろし、中の荷物を取り出した。周囲の環境は穏やかなので、ゴーグルやマスクも外して問題なさそうだ。放射線測定器も今更使う必要はないだろう。外した装備を一つずつ手に取りながら『入れ、入れ』と念じる。あっという間に全ての荷物が消え、潤子は身軽になった。想像通りの効果らしい。

今度は最後に仕舞《しま》ったバットに、現れるように念じる。右手の中に慣れ親しんだ木の感触が現れた。

「やったー!!」

バットを持ったまま両手を空に突き上げ叫んだ。ダンジョン発見以来、初めて潤子の心が歓喜《かんき》に沸いた。

「ん？」

喜びでぴょんぴょん跳ねていると、少し離れた所から何か動くような音が聞こえた。

——あれは緑《グリーン》スライム！

５ｍほど離れた場所に、地面に張り付く緑色の魔物を見つけた。

「〝鑑定〟」

名前：緑スライム　ランク：Ｆ　レベル：１
体力：５　魔力：２
攻撃：３　防御：３　敏捷：５
器用：２　運：３
スキル
『風魔法Ｌｖ．１』

ゲームなら序盤に出現する定番の魔物だ。早速《鑑定》を使ってみると、それほど強くないことが確認できた。ただ、スキルの《風魔法》は少し怖い。

スライムは既に潤子を見つけているようで、左右にゆらゆらと揺れながら徐々に近付いて来る。

潤子は手にしたバットを両手で握りしめた。

——ナイフよりバットで叩いた方がいいはず……！

スライムを凝視《ぎょうし》しながら間合いを測る。徐々に近付くその軟体《なんたい》をボールに見立て、打ち返すかのようにバットを構えた。

『!!』

3mほどの距離に来た時、スライムが盛り上がり細かく震動した。嫌な予感がして、次の瞬間に潤子は左側に跳んだ。

地面に手を突き、振り向いた時、先程潤子がいた場所に何かが土埃《つちぼこり》を立てて通り過ぎて行くのが見えた。慌てて緑スライムを再鑑定する。魔力が0に変わっていた。

――今のは、魔法……？

「やってくれたわね！」

立ち上がり、潤子はダッシュした。緑スライムに近寄り、軟体めがけて思い切りバットを振り下ろした。

ぼよん～。

バットにそんな感触が返って来る。どの程度のダメージを与えられたのか分からず、潤子はバンバンとバットで殴りつけた。四回めに振り下ろした時、バットはガツンと地面を叩いた。

「終、わった……？」

はぁはぁと息を切らし地面を見下ろすと緑スライムの姿はなく直径1cmほどの緑がかった石と光る球、そして苔のような緑の物体が落ちているだけだった。

《魔物の討伐を確認しました。称号〝『恵みのダンジョン』初討伐者〟とギフト〝成長促進《せいちょうそくしん》〟を取得しました》

どこからともなく声が響く。ふよふよと上空から落ちて来る光の球を右手で受け止める。光が消えた後、再びステータスを確認してみた。

名前：鷹丘潤子　年齢：45歳　レベル：1
体力：30／30　魔力：30／30
攻撃：18　防御：32　敏捷：15
器用：6　運：31
スキル
『暗記Lv．3』『計算Lv．3』
ギフト
『迷宮対応』『アイテムボックス』『鑑定』『成長促進』
称号
『《恵みのダンジョン》発見者』『《恵みのダンジョン》初侵入者』
『《恵みのダンジョン》に名を付けた者』『《恵みのダンジョン》初討伐者』

「また増えた」
ギフトと称号が追加されていることを確認する。喜ぶべきことだが、予想外の事態への戸惑いの方が大きい。ぼんやりと自分のステータスを見つめることしかできなかった。

「……あれ？」

しばらく眺めていると、ふと、自分のステータスがおかしいことに気が付いた。

「レベル上がってないのにステータスが変わってる……？」

前に見た時より高くなっている気がする。慌ててベストのポケットから、昼間書いたステータスのメモを取り出した。

「やっぱり高くなってる。なんで？」

訳が分からないことばかりだ。それでも、数値が高い方がいいに決まっているだろう。何より、最も上がってほしかった数値の上昇に、潤子は大声で叫んでいた。

「運アップ来た――――!!」

防御に次ぐ数値に向上した運のステータスに、潤子は再び両手を天に突き上げた。

ひとしきり喜んだ後、潤子は呼吸を落ち着け、地面に転がる物に目をやった。

「この緑は苔、かな？」

鑑定すると《光苔：緑スライムのドロップ品　食べると少しだけ回復する　美味《おい》しくない　初級回復薬《ポーション》の材料になる》と出た。

「おお、ドロップが早速！」

運が上がったことが大きかったのか、初回からドロップしてくれた。しかも薬草のような働きがある素材だ。高値で売れるかもしれないので、そのままアイテムボックスに仕舞い込んだ。

「緑っぽい石は『魔石《ませき》』だよね？」

鑑定しても《緑スライムの魔石：ランクF》と出た。

『魔石』という名前は知っていても現物を見たのは初めてだ。東京ダンジョンでは一度も見ることがなかったが、写真はネットで目にしたことがある。ランクが高くなるほど石も大きくなると聞いているが、Fは最低ランクだから小さいのだろう。

残るは小さな光る球だ。

「この光る球って空から落ちて来る物と同じみたいだけど……」

とりあえず鑑定してみると、このような表記が浮かんだ。

『スキルスクロール（初級）』

《火魔法》

《水魔法》

《風魔法》

《土魔法》

「スキルスクロールって、ゲームだとなんとかの書っていうのと同じだよね？」

つまりこの光る球を吸収すると、表示された能力が身に付くということだ。しかも……。

「これって魔法？　魔法って存在しないんじゃなかったの？」

そう、魔法は存在しないはずだ。

ダンジョンの存在が明らかになった時、日本のゲームやラノベが好きな者たちは歓喜に沸いた。

憧れていた魔法が使える、と。

だが、約20年の間、魔法が使えるようになったという報告はない。今日のエクササイズでも『現実とゲームは違うからね』とインストラクターから釘を刺されたくらいだ。

しかし今、現実として目の前に魔法のスキルスクロールが光っている。

「もしかして私、世界初の魔法少女になっちゃう!?」

45歳のおばさんが少女の訳ないだろうというツッコミはきちんと自ら入れておく。

それでも顔がにやけるのを止めることは難しい。「うふふ……」と怪しい笑い声をこぼしつつ、潤子は地面から光る球を取り上げ、掌に載せた。

「……あれ?」

空から降って来たものとは違い、拾った球は掌の上で吸収されずにいる。吸収されないということはスキルを得ていないのか、いくら待ってもステータス表に浮かんで来なかった。

「もしかして……人を選ぶ、とか?」

潤子には適合《てきごう》しない、という可能性は高い。ついてない人生を思い返す。

なんだか釈然《しゃくぜん》としないまま、光を放つ球を見つめてしばらく考え込んだ。

「……あ、そうか!」

もう一度球を《鑑定》で見た時、不意に閃いた。

「どれかを選べってことなのかも」

なるほど、と自分の仮説に納得する。これまで落ちて来た四つの球は一つずつしか能力が増えなかった。この球も、一度に四つもスキルを得られることはないのだろう。

「この中からなら……《火魔法》でお願いします！」

誰に頼む訳でもないが、球に向かって頭を下げた。すると、願いを聞き入れたように球が掌に沈み込んだ。ステータスを確認すると、スキルの場所に《火魔法》が新たに表示されていた。

「魔法来た――――!!」

何度目か分からない潤子の魂の叫びがダンジョン内に響き渡った。

はしゃぎまくり、跳びはねながらぐるっと反転した時、正面から変なものがこちらに細い棒を突き出して近付いて来るのが見えた。

「やばっ！」

浮かれすぎて、ここが危険なダンジョンなのだとすっかり忘れてしまっていた。慌てて潤子はバックステップし、それとの距離を開く。

「何、あれ……？」

背後から潤子を狙っていたのは30㎝ほどの高さの白く細長い物体だ。全体的につるっとしていて、顔のようなものは見えない。てっぺんから茶色い紐《ひも》のようなものがちょろんと垂れ下がっていた。

「なんか、でっかいもやしみたい」

《鑑定》を使うと、潤子の目の前に相手の情報が表示された。

名前：緑豆《みどりまめ》もやし　ランク：F　レベル：2
体力：10　魔力：3

攻撃：10　防御：5　敏捷：5
器用：5　運：5
スキル
『突撃Lv．1』

「本当にもやしだった！」

鑑定結果に少し唖然《あぜん》としてしまう。しかし突然もやしが突撃して来たため、潤子は慌てて左側にかわした。脇をすり抜けたもやしの背後に、右手を翳《かざ》し叫ぶ。

「〝火球《ファイアーボール》〟！」

先ほどスキルを得た時、頭に浮かんだ二つの魔法名。その一つを唱えてみると、右の掌からもやしに向けてこぶし大の火の玉が飛び出した。

ぼぉん！

火の玉がぶつかった瞬間、もやし全体が燃え上がり、そのままばたっと倒れた。やがてもやしの周囲が歪《ゆが》み、きらきらとした光がダンジョンの地面に呑まれて行った。

《魔法の使用を確認しました。称号〝『恵みのダンジョン』初魔法使用者〟とギフト〝魔力消費半減〟を取得しました》

再度ダンジョン内に声が響いた。どうやら緑スライムを倒した時のように、ダンジョン内で何かを初めて経験すると称号とギフトが得られるらしい。ふよふよ落ちて来る光の球を再度受け止めた。

名前：鷹丘潤子　年齢：45歳　レベル：1
スキル
『火魔法Lv．1』『暗記Lv．3』『計算Lv．3』
ギフト
『迷宮対応』『アイテムボックス』『鑑定』『成長促進』『魔力消費半減』
称号
『《恵みのダンジョン》発見者』『《恵みのダンジョン》初侵入者』
『《恵みのダンジョン》に名を付けた者』『《恵みのダンジョン》初討伐者』
『《恵みのダンジョン》初魔法使用者』

またギフトと称号が増えている。微妙にステータスも変化しているので、もしかしたら獲得した称号に何かの効果があるのかもしれない。確認したいが先ほど背後から襲われそうになったばかりなので、まずは今の戦闘の事後処理を優先させた。

もやしが消えた場所を見ると白っぽい『魔石』ともう何度も見た光る球、そしてスーパーで売っている一袋分くらいのもやしの束が落ちて来た。

「このもやしはドロップ品ってこと？」

鑑定結果は《ダンジョン産もやし：緑豆もやしのドロップ品　栄養価が高くとても美味しい》と

出た。

潤子は地面のもやしの束をしばらく凝視した後、無言のままアイテムボックスに仕舞った。東京ダンジョンではドロップした魔物の肉は食用として売買されると聞いている。きっともやしだって、食べても大丈夫だろう。

「それにしてもさっきからこの球、何度も出るけど……。スキルってそんな簡単に得られるものなの？」

不思議に思い拾い上げる。鑑定結果はこうだった。

『スキルスクロール（初級）』

《身体強化》

《回避》

《防御》

今回は三択だ。内容としては、守りを強くするスキルのようだ。

「《身体強化》でお願いします」

またも言葉に反応し、光の球は潤子の右手に消えた。ステータス欄にも《身体強化》が表示された。

「このダンジョン、魔物を倒す度にスキルが増える訳じゃないよね？」

もちろんそんなことがないのは、その後連続してもやしを二体倒して証明された。ドロップ品のもやしと魔石は出るが、それだけだ。潤子は周囲を警戒しながらドロップ品をしっかりと収納した。

しばらくして現れたのは、もやしよりさらに細い魔物だった。大きさは同じくらいだが、胴はほぼ紐状で、てっぺんにちょろんと葉っぱらしきものが付いていた。

□

名前：カイワレ大根　ランク：F　レベル：2
体力：8　魔力：5
攻撃：8　防御：10　敏捷：9
器用：4　運：3
スキル
『からまりLv．1』

まさかのカイワレ大根の登場に、潤子は困惑を隠せなかった。

「何、カイワレって？　そりゃもやしと同じスプラウトだけど……」

ダンジョンの魔物は場所ごとに個性があるとは聞く。東京ダンジョンは動物系、北海道は無機物系、九州は虫系が多く出没するという話だ。

だとするとこの恵みのダンジョンは……。

「もしかして、野菜系ダンジョン？　……って、な訳ないよね～！」

と潤子は自分にツッコミを入れた。だが、仮に植物系のダンジョンなのだとしたら、最初に《火魔法》を選んだのは正しかったかもしれない。

「〝火球〟！」

発射された火の玉がカイワレ大根に直撃する。細い体は一瞬で焼き尽くされ、きらきらとした光が地面に吸収されて消えた。

「あれ？　また出てる」

カイワレの消えた場所に緑の筋が入った『魔石』と一パックほどのカイワレ大根の束、そして光る球が転がっている。『魔石』とカイワレ大根をアイテムボックスに収納し、光る球を手に立ち上がる。

『スキルスクロール（初級）』

《索敵《さくてき》》

《気配察知《さっち》》

《魔力察知》

どうやら今度は探索用のスキルのようだ。名称から察するに《索敵》は敵の位置を知るもの、《気配察知》は周辺の状況を確認するもの、《魔力察知》は魔力を持った者の位置を知る能力だろう。

「《索敵》でお願いします」

《気配察知》も欲しいが、とりあえず今このダンジョンには潤子しかいない。だとすれば敵の位置が確実に分かる方がいいだろう。

「あれ？」

光の球が掌に消えた時、目の前にステータス欄のような文字が浮かび上がった。

《常に発動させますか？》

これは常時発動《パッシブ》か任意発動《アクティブ》か選択しろということだろう。さっきは不意を突かれ、危うくレベル2のもやしに襲われるところだった。ここは当然、常時発動だ。

「常時発動でお願いします」

潤子の言葉の後、目の前の文字が消える。魔物の気配は感じられないが、ステータスに表示されたので発動はしているのだろう。

「予想では五体でレベルアップすると思っていたんだけど……」

インストラクターの原田からFランクの魔物を十体倒すとレベル2になったと聞いた。潤子は《成長促進》のギフトを得たから、原田の半分程度でレベルが上がるかもと期待したのだ。

「あ、でも最初の一体は恩恵受けてないのかも」

《成長促進》は緑スライムを倒して得たスキルだ。だからその分は通常通りだったのかもしれない。もちろん、潤子が当初期待したように2倍のスピードではなく1.1倍とか、もっと低い倍率の可能性もある。

「疲れたから、今日はあと一体で終わりにしようかな」

そうつぶやいた瞬間、少し離れた場所に魔物の気配を感じた。緑スライムだ。潤子はもう一度

《火球》をぶつけた。
すると、予想通りのメッセージが表示された。
《レベルアップしました。称号〝『恵みのダンジョン』初レベルアップ者〟とギフト〝超回復〟を取得しました》
落ちて来る球を吸収する。《超回復》というからには体力や魔力が回復しやすいのだろう。まだまだ余力もあるが、今日は初日だ。ここまでにしようとドロップした『魔石』と『光苔』を収納し、梯子から自宅に戻った。

□

「あー、忘れてたー！」

自分の失敗に気付いたのはダンジョンから出て、風呂に入っている時だった。

「称号とかステータスを確認するつもりだったのに……」

恵みのダンジョンでは予想外の恩恵を受けた。《火魔法》《アイテムボックス》《鑑定》は使用したが、他のスキルやギフトの力が分からない。それを確認するつもりだったのに、レベルアップに浮かれてそのままダンジョンを後にしてしまった。

「ステータスはダンジョン内でしか見れないんだよな……」

風呂に浸《つ》かりながらステータスとつぶやいても文字列は現れない。風呂に入ってしまったからには今更ダンジョンには戻りたくない。

「明日の朝にするか……。そうだ、《鑑定》は使えないかな？」

ダンジョン外ではあるが、ギフトが使えないか試してみる。ダメで元々なのだからと自分の手を見ながら「〝鑑定〟」と唱えてみた。するとダンジョン内と同じ文字列が目の前に浮かび上がって来た。

「やった！　ギフトはダンジョン外でも使えるんだ！」

魔法が使えるかまでは試す必要があるが、ギフトが使えるのは便利だ。

名前：鷹丘潤子　年齢：45歳　レベル：2
体力：55／55　魔力：65／65
攻撃：18　防御：32　敏捷：25
器用：16　運：31
称号
『《恵みのダンジョン》発見者』『《恵みのダンジョン》初侵入者』
『《恵みのダンジョン》に名を付けた者』『《恵みのダンジョン》初討伐者』
『《恵みのダンジョン》初魔法使用者』『《恵みのダンジョン》初レベルアップ者』
ステータスポイント：20　スキルポイント：10

「……なんか私のステータスおかしくない？」
今朝初めて見た数値はこんなに高くなかった。レベルアップでステータスが上がったとしても、体力と魔力が5ずつ上がるだけのはずだ。幾らなんでも高すぎる。
「これって絶対この称号の影響だよね」
そう確信し称号を一つずつ鑑定する。すると称号にはそれぞれボーナスが付随していることが分かった。
《『《恵みのダンジョン》発見者』：ステータスポイント獲得《かくとく》2倍》
《『《恵みのダンジョン》初侵入者』：スキルポイント獲得2倍》
《『《恵みのダンジョン》に名を付けた者』：運＋30》
《『《恵みのダンジョン》初討伐者』：体力・攻撃・防御各＋10》
《『《恵みのダンジョン》初魔法使用者』：魔力・敏捷・器用各＋10》
《『《恵みのダンジョン》初レベルアップ者』：体力・魔力各＋15》
「……やっぱりか」
原田はレベルアップすると体力と魔力が5ずつ上がると言っていた。潤子は『発見者』の称号の影響で各々《おのおの》2倍となり＋10の獲得となった訳だ。その他の称号の効果もあるからこの数字で正しいことになる。
「ステータスは分かったけど、最後のこのポイントってなんだろう？」
分からないものは即鑑定だ。本当に使い勝手が良い。さすがギフトといえるだろう。

《ステータスポイント：レベルアップ時などに与えられるポイント　自由にステータスに振り分けられる》

《スキルポイント：レベルアップ時などに与えられるポイント　スキルを獲得したりスキルレベルを上げることができる》

目が点になった。内容は理解できるが頭が付いて来ない。ただひたすらにどういうこと？　という言葉が頭を巡っている。

ダンジョンエクササイズで原田が言ったのだ。レベルアップで体力と魔力は増えるが、他のステータスは変わらない、と。確かに潤子も体力と魔力は上がって、それ以外の項目はレベルアップでは変化していない。だがこのステータスポイントを振り分ければ、変化させることができるだろう。

恐る恐る右手人さし指でステータスポイントに触れる。続いて一番数字の低い器用の項目に触れる。

——変わった……！

一回触れると器用が17になりステータスポイントが19に変わる。続いて《決定しますか？》という文字がステータス画面に重なって現れた。

やっぱりと思った反面、恐ろしいことに気付く。原田はダンジョンに2年以上入りレベルが9まで上がっている。しかもインストラクターになって初心者を指導している身だ。その彼女が『レベルアップでは体力と魔力以外の項目が変わらない』と言っていたのだ。

「もしかして皆、このポイントに気付いてないの？　そんなことってあり得るの？」

　ぶくぶくと風呂の中に沈みながら、潤子は驚く声を出さないよう必死になる。しかし同時に思うのだ。レベルが9にもなって1と変わらないステータスなら強い魔物に苦労して当然だと。三階が突破できないのはその辺りが原因なのではないかと……。

「分からないことは分からない。人の事情は人の事情。とりあえず私は、私のステータスを上げなきゃ」

　潤子は一人しかいないから、得られたものはしっかり利用しないとすぐにやられてしまう。気を取り直すとステータスポイント全てを振り分けた。

名前：鷹丘潤子　年齢：45歳　レベル：2
体力：55／55　魔力：65／65
攻撃：25　防御：32　敏捷：28
器用：22　運：35

　全体的にバランスが良くなるように設定する。今後どんなスタイルで戦うかなんてイメージできないので、なるべく大きく差を付けないようにしたのだ。

「次はスキルポイント。スキルを獲得するかレベルを上げることができるってあるけど、もしかして皆スキルなしで戦ってるなんて……ないよね？」

ステータスポイントの件から得た危惧《きぐ》を再び抱き、ハハハ、と乾いた笑い声を上げる。ただ、ダンジョンが現れて20年経っても、魔法などないのではと認知されている以上、その可能性も低くないと思えたのだ。

――さすがに誰も調べていないなんて、そんなはずないよ、ね？

個人のプライバシーがあっという間に暴かれる時代だ。目に付いたものを何も調べず放置する人の方が少ないだろう。だとすると……。

「皆、このポイントの存在が見えてないってことなのかな？」

可能性は高い。東京ダンジョンが未《いま》だ地下七階を突破されていないのも、その辺りに理由があるのかもしれない。

「とりあえず今は、自分のことが先だ」

スキルポイントに注目すると、選択できるスキルがどばっと表示された。あまりの数に潤子の目が泳ぐ。情報量が多すぎて頭がくらくらした。

「ええっと数が物凄く多いけど……必要ポイントが1のものと3のものがあるのね」

スキルの枠は必要なポイントで大雑把《おおざっぱ》に二分されている。

なんとなくだが、1ポイントで取れるスキルは生活に根差したものという感じだ。《料理》《掃除》《洗濯》といった家事や、《そろばん》《電卓》といった計算や買い物に使えるもの、《英語》《フランス語》といった言語スキルなど、持っていると日常生活が有利に送れるスキルが多く並んでいた。

また、スポーツに関するスキルも数多く存在する。それを得て強化すれば、その種目で一番になることも簡単かもしれない。だがもし、誰も彼もがそんなことをすれば、競技として成り立たなくなってしまう。

冒険者としては皆が安全にダンジョンを攻略するため、ポイントのことは周知するべきだと思う。しかし、競技や試験の根底を覆《くつがえ》し社会に混乱を招きかねない要素を公表することは躊躇われた。

色々考えたが、とりあえず今のところは心の中に留《とど》めておくことにする。少なくとも潤子は無用な目立ち方はしたくないのでそういうスキルは選ばないから、すぐには気付かれないだろう。

3ポイント必要なスキルには、冒険者として活動するために役立ちそうなものが多い。先ほど選択肢にあった《水》・《風》・《土》の魔法や、《剣術》や《体術》といった武術スキル、各種耐性や強化のスキルもあった。

「外国語には惹《ひ》かれるよね……」

ネットで海外スポーツをよく見る潤子としては欲しいスキルではある。しかし冒険初心者の今、まず必要とするのは魔物を倒し生き残る能力だ。

「バットは《棒術》になるんだろうか？　それとも叩くから《打撃》？」

3ポイントのスキルははっきり見えるものと薄く表示されているものの二種類がある。《水》や《風》といった魔法は薄い方だ。その部分に触れても何も変化しない。《火魔法》を取ったため選択できないのか、それとも別の理由があるのか分からないがどうやら今は別の魔法を選ぶことはできないようだった。

「とりあえず戦闘の基本として《体術》。それから動揺しないように《精神耐性》と、それから《打撃》かな。これなら今後どんな武器を選んでもある程度効果が出そうな気がする」

3ポイントのスキルを三つ選ぶ。もっと良いものもあるかもしれないが、最初はレベルも上がりやすいだろうから次でもいいだろう。

1ポイント余るが、それは今回は残しておくことにする。《鑑定》がある潤子ならいつでもステータスを見ることができる。緊急事態が発生した時に使えるポイントがある方がいい。

潤子は強化を終えて現れた三つの光の球を掌に吸収した。

□

湯船に浸かりながらステータスをあれこれいじっていたため、すっかり長風呂になってしまった。ただ《超回復》のおかげか身体的には問題ない。だが、色々と考えてしまった精神的な疲れは感じる。

「もう面倒だからラーメンでいいか。土曜日だから大した食材も残ってないし……」

両親が亡くなり家に一人になってから、買い物は日曜日に1週間分まとめて行うようになっていた。

料理は一通り作ることはできるが、家族がいる間は潤子が作ることはほとんどなかった。そのためどの程度買えば1週間問題なく暮らせるのか当初は全く分からず、足りなかったり残りすぎたりと失敗が多かった。一人になって5ヶ月になる現在もちょくちょく失敗をしている。

今週はダンジョンが現れた動揺で料理がかなり荒れた。食べられない物ができて作り直したこともあり、冷蔵庫は調味料とサラダ菜、卵程度しか残っていない。なので、サラダ菜のサラダにダンジョン産のカイワレ大根を載せ、炒めたダンジョン産のもやしをたっぷり載せた非常食用の塩ラーメンで済ませることにした。

「見た目はホントに普通のカイワレだな……」

いや、市販の物より少し大きいか、などと考えながらサラダ菜にたくさんのカイワレを載せたサラダを作り、三つの器に分けて盛り付ける。それらにゆで卵を乗せ粉チーズを振りかけ、二つはラップをかけて《アイテムボックス》に入れた。《アイテムボックス》内なら冷蔵庫と違い、生野菜もそのまま何日も持たせることができるだろう。一人暮らしで食材を無駄にすることがなくなるかも、と潤子は喜んだ。

続いてもやしを一パック分取り出し綺麗に洗って髭《ひげ》をざっと取る。お湯にさっとくぐらせてから強火で炒め始めた。同時に別の鍋で塩ラーメンを作り、醤油と胡椒で軽く味を付けた山盛りのもやしをどんと載せた。

「いただきます」

返る言葉のない一人きりの夕食だ。もう5ヶ月にもなるのでなんとも思わなくなった。ラーメンの上で主張するもやしを掴んで口に放る。噛《か》んだ瞬間、全身に衝撃《しょうげき》が走った。

「美味しぃ！」

その後の記憶はあまりない。夢中でラーメンとサラダを平らげたのだ。もやしの瑞々《みずみず》しい食感といい、噛みしめた時にじゅわっと広がる旨味《うまみ》と甘味といい、今までの食事ではなかった感動があった。カイワレもピリッとした辛《から》さ以上に良い香りが口に広がり、これまで生だとマヨネーズがなければ食べられないと思っていた自分に喝《かつ》を入れたいと思った。

「ダンジョン産の食材が美味しいって本当だったんだなぁ……」

農家の皆さんごめんなさい。これからもダンジョン産を食べることになりそうです。

会ったことのないもやしとカイワレ農家の皆様に心の中で頭を下げる。潤子一人なら大した減収《げんしゅう》にもならないだろうが、一度謝っておかないともやもやした気持ちが残りそうだ。そのくらい初めて食べたダンジョン産の食材は衝撃が大きかった。

□

「明日は日曜だから買い出しに行かないといけないか……」

ダンジョンと夕食の興奮がなかなか抜けないが、明日の活動もある。ネットでダンジョンに関する情報をひとしきり確認し、22時頃、潤子は寝ることにした。

海外サイトも色々見てみたがやはりステータスやスキルポイントについて書かれたものは見つからない。魔法についても同様で『本当はあるんだろ？　誰か公表しろよ！』という書き込みは幾つも見たが、実在を裏付けるものはなかった。

「買い物は10時頃に行けばいいか。それまでは掃除と洗濯したら、ダンジョンに入っておこう」
人の出入りはなるべく多い方がいいが、ここは潤子だけしかいないのだから可能な限り入っておいた方がいい。
「もやしがまた獲《と》れるかもしれないし」
不純な動機でにやけながらベッドに入る。真っ暗な天井を見上げた時、ふと一つ忘れていたことを思い出した。
「そういえばギフトの《鑑定》を忘れてた」
真っ暗でもステータスは見れるか疑問に感じながら《鑑定》する。すると、暗闇の中でもぼんやり光るようにたくさんの文字列が目の前に現れた。
《迷宮対応：ダンジョン内で迷わなくなる　ダンジョン内の現在地が常に確認できる》
《アイテムボックス：生物以外の動かせるものならなんでも収納できる　収納時の状態でいつでも取り出せる　収納・出現可能範囲は周囲100m以内　容量無制限》
《鑑定：目視したものを判断・評価する　複数回の使用でより詳しい情報を得ることができる》
《成長促進：通常の2倍の速度で成長する》
《魔力消費半減：使用するスキル・魔法の魔力消費を半分に減らす　小数点以下切り上げ》
《超回復：体力・魔力を1分間で各5％回復させる　小数点第一位四捨五入》
「……チートだな」
思わず声が漏れた。スキルと別に記載されるだけのことはある。どれもとんでもない能力だ。

「そういえば《火魔法》のレベルが上がってたっけ。あれも《成長促進》のおかげか……」

今日倒した魔物の内、五体は《火魔法》で倒した。おそらくそれで規定のレベルアップ条件を満たしたのだろう。戦闘が半分で済むというのは体力的にも時間的にもメリットが大きい。おまけに魔力消費は半分で済むから倍の魔法を撃てる。その上、《超回復》があるのだ。《火球》程度なら一日中撃ち続けることができるかもしれない。

「20分大人しくしていれば全回復できるってことだもの」

体力はダメージを受けなくても疲労で下がって行く。それは今日、東京ダンジョンでも恵みのダンジョンでも経験した。だが、《超回復》は1分間で5%、今の潤子なら3の体力を回復する。大きなダメージを受けなければ、一日中ダンジョンで動くこともできるかもしれない。

「《アイテムボックス》も《鑑定》もダンジョンじゃなくても使えるみたいだし、凄く便利だわ」

ずっとついてなかった。家族も喪《うしな》い、家に独りで寂しかった。これまでの苦労や悲しみがこういった形でわずかに報《むく》われたのかもしれない。

自宅にダンジョンができてどん底だと思っていたが、案外なんとかなるかもしれない。

まだまだ今日は初日だ。明日以降はどうなるか分からない。それでも、明日を少しだけ怖がらずに迎えられそうで、潤子は安心して眠りの底に落ちて行った。

第二章

「さて、今日も頑張りましょう！」

2月24日。掃除や洗濯を終えた潤子がダンジョンに降りたのは、午前8時半を過ぎた頃だった。今日は昨日のような怪しすぎる風体《ふうてい》ではない。運動靴にジャージという、普通のスポーツスタイルだ。昨日の経験で一階はレベル1～2くらいのFランクの魔物しかいないようなので、軽装備でも十分だと判断した。

降り立ってすぐ《索敵》が魔物に反応する。レベル2のもやしだ。潤子は《アイテムボックス》からバットを取り出し、もやしをぶっ叩いた。

「これって《身体強化》とレベルアップの賜物《たまもの》かな？　凄く体が軽い！」

中学校まで運動部だったが、それ以降定期的な運動はしていない。平均より細身だった体型はここ5年で標準体重くらいまで太っていた。年齢もあり、昔に比べて動けなくなっていたが、今は思いの外、素早い対応ができた。

――動けることはいいことだ。老化防止になる！

独り暮らしは動けなくなったら終わりだ。唯一の親友も、来るまで1時間近く掛かる場所で暮らしている。すぐには来れないし、そういう頼み事はあまりしたくない。だからこそ常に健康には気を使わなくてはいけない。

「今日は奥の洞窟を確認しよう」

入り口の広場から見える穴は三つ。階段を降りた正面に一つと、背後に二つ存在する。なんとなく一つの方が次の階に繋がっている気がしたので、まずは背後の左側から見ることにした。

「思ったより魔物っていないのね」

左の穴は100mほどの長さしかなかった。行き止まりまで進み、元の場所に戻るまで三体しか出会わなかった。魔物の出現率がずっとこのくらいなら、潤子だけでも十分に討伐していくことができる気がする。

「それにしても、もやしが多いな」

四体中三体がもやしで、残りが緑スライムだ。今のところドロップ率100%なので、もやしがどんどん溜まっていく。『そろそろカイワレが欲しいなぁ』と思いながら右の穴に入った。

洞窟は右の方が複雑だった。途中で分かれ道もあり、距離もずっと長かった。一つ一つ分かれ道を確認し、潤子は最奥を目指す。

「あれ？　なんか色が違う？」

終点の壁が見えた時に現れた魔物は、それまで出会ったものとは少し違って見えた。

名前：黒豆《くろまめ》もやし　ランク：F　レベル：2
体力：11　魔力：3
攻撃：12　防御：7　敏捷：7

器用：7　運：7
スキル
『突撃Ｌｖ．１』

普通のもやしより少しステータスが高い。

「もしかしてレア種、とか？」

よく分からないが、とにかくもやしはもやしだ。一応用心のためバットではなく《火魔法》を放った。炎が直撃した黒豆もやしはすぐに動かなくなった。

魔物の消えた跡には、もやしと『魔石』以外に光る球がドロップした。

「おお！　久々に出た！」

今度はなんだろうとうきうきしながら手に取る。

『スキルスクロール（初級）』

《身体強化》

《回避》

《防御》

現れたのは昨日も目にしたスキルだ。もやし系だから同じ内容ということかもしれない。それでもスキルポイントを使わずスキルが得られるのだ。たくさん出ても全く問題ない。

――《身体強化》もあるってことは、これでスキルレベルを上げられるってことかな？

しかし潤子には《成長促進》がある。通常より早い成長をするのだから、わざわざスキルスクロールを使ってレベルを上げる必要はない。

「《回避》でお願いします」

潤子の言葉で光が掌に溶けていく。こうしてまた一つ、潤子は新しいスキルを身に付けた。

「あー、レベルも上がってるー」

新たなスキルをステータスで確認して気付く。いつの間にかレベルが3になっていた。右の穴では黒豆もやし一体、普通のもやしが五体、カイワレが二体、スライムが一体出たから、今日はすでに十三体倒していることになる。ステータスポイントは40、スキルポイントが10入っていた。

「一旦上がるかな。買い物行かないといけないし」

最奥の壁をタッチして潤子は考える。ダンジョンに入ってから、たぶん1時間半ほど経っているのではないだろうか。今日は食料と日用品だけではなく、できればダンジョングッズも見たい。早めに家を出た方がいいだろうと、潤子は元の場所を目指して歩き出した。

「あれ?」

最奥から十歩ほど進んだ所で潤子は立ち止まった。右側の壁に何か違和感を覚えたのだ。

「とりあえず〝鑑定〟!」

気になった壁を《鑑定》してみる。すると、一部分だけ違った鑑定結果が表示された。

「ここだけ《少し軟らかい》って出るんだけど、何かあるのかな?」

他は全部《ダンジョンの壁：硬くて傷つけることはできない》と出るのに、その部分だけは《少し軟らかい》のだ。気になって当然だろう。

手を伸ばして壁に触れる。《軟らかい》と出た範囲を両手でさわさわと調べていると、突然手が壁にめり込んだ。

「うわ!?」

壁が突然消えてなくなったようにすり抜け、地面に手を突いた。

「あれ?」

困惑し顔を上げる。先ほどとは違う場所だ。赤茶の地面と壁は同じだが、壁に囲まれた六畳ほどの広さの空間だった。

《隠し部屋を発見しました。称号〃『恵みのダンジョン』初隠し部屋発見者〃とギフト〃百発百中〃を取得しました》

声と共に光の球が落ちて来る。もう慣れてしまったので黙ってそれを受け止めた。

「隠し部屋か。それで宝箱があるんだな」

小部屋の奥にゲームで見るような赤と金の宝箱がある。大きさは50㎝×30㎝×30㎝といったところか。潤子は箱の周囲をぐるぐる回って罠を探した。どのみち解除はできないので、念のため宝箱の背後からゆっくりと蓋を開いた。

「あれ? 空っぽ?」

派手な外装と違い、黒一色の箱の中を覗き込む。一見して何も入っていない。

「外れかぁ……」

がっかりして溜息をついた。でもなんとなく諦めきれず、さわさわと内部に触れてみる。

「ここまでシチュエーション作っておいて何もないなんてケチすぎるよ」

ぶつぶつ文句を言いながら箱の内部を探る。すると箱の左隅で、何か小さな物が指に触れた。

「⁉　やった、指輪だ！」

《宝箱を発見しました。称号〝『恵みのダンジョン』初宝箱発見者〟とギフト〝即死無効《デス》〟を取得しました》

「嘘っ⁉」

響いた声に思わず叫んだ。そして落ちて来るのを待たず光の球をジャンプして掴む。これは非常に助かるギフトだ。ゲームでいう即死の魔法や、出会いがしらの不意の一発による致命傷を防ぐことができる。さらに称号で運も大幅に上がった。

「うわぁお！　《即死無効》に運95！　これで生き残る可能性が上がる！」

潤子は歓喜のジャンプをして、元の場所に戻るべく入って来た壁に向かって走り出した。

□

「いらっしゃいませ！」

明るく元気が良い声が響く。しかし入って来た潤子を見て、店員の表情に一瞬、怪訝《けげん》な色が浮かんだのを見逃さなかった。

それも仕方ないと思う。何しろここは主に20～30代の、潤子よりもはるかに若者が来る店なのだ。45歳の潤子はあまりにも店の雰囲気にそぐわなかった。

ここは静岡《しずおか》市内の冒険者向けのアイテムを販売する店舗だ。静岡にはダンジョンはない（ことになっている）が、東京ダンジョンに通う冒険者は多いのか、この日はすでに数人の男女が店内を見て回っていた。

「お客様、何かご入用ですか？」

初めて訪れた慣れない店舗できょろきょろと見回す潤子に若い女性店員が声を掛けて来た。

「ダンジョン内で着る服を探しているんですが、どこに行けばいいですか？」

不似合いな店先で変な目立ち方をしたくないので、素直に希望の商品を伝えた。愛想の良いスマイルを浮かべていた彼女は潤子の風貌を見て、意外そうに目を見開いた。

「失礼ですがお客様は冒険者登録をなさっていますか？」

「はい」

ポケットから冒険者証を取り出し店員に見せる。昨日はレベル1だったが今日はすでに3に変わっていた。どういう原理か分からないが、レベルアップに応じて自動的に変わるのかと、潤子も驚いた。

レベル3であることを確認した店員の驚きはさらに上だったようで、潤子の顔と冒険者証を何度も繰り返し見比べていた。

目的の棚へ案内しながら、若い店員は色々と教えてくれた。

以前は冒険者向けの商品といえば、ほぼ男性向けの物だけだったという。しかし、この5年ほどで女性向けもかなり増えたらしい。女性には頑丈だが重い物より、軽くて伸縮性があり、軽快に動ける物の方が人気だそうだ。

「これまではどんな服装で入られていたんですか?」

「スニーカーとジャージです」

「それはいけませんね。スニーカーは比較的脱げやすいですし、何より丈夫じゃないので。ダンジョンは足場が悪い所も多いので、足首からしっかり固定できる物に変えるべきです」

そう言って店員が手に取った、かっちりとしたブーツタイプの靴は一足三万八千円(税抜き)。それも一番シンプルな物だ。女性向けの華やかな物はさらに高い値札が付いている。

試し履きすると、つま先や甲の部分に金属が入っているものの安全靴のような硬く重い感覚はなく、女性にも履きやすかった。

——やっぱり靴は要るよね……。

冒険者活動で得られる収入はわずかなのに、必要経費はどんどん上積みされていく。東京〜静岡を往復する旅費だけでなく、こういった装備も揃えれば出費は馬鹿にならない。事務員としての収入は月20万に満たない潤子には痛いどころでない出費だ。

「このレギンスは特殊な金属が織り込まれていて簡単に破れません。それでいて一般的な物より一割ほど重いだけという素晴らしい商品です」

店員が熱心に勧めて来るレギンスは、確かにそれほど重さを感じない。足の甲まで覆われていて

防御も万全だろう。しかし、お値段は二万三千円（税抜き）という高級品だ。おいそれと手が出せる値段ではない。

——恵《う》み《ち》のダンジョンはジャージでいいけど、東京だとやっぱりちゃんとした服装が必要なんだな……。

エクササイズ時の光景を思い出す。上下とも黒のジャージ姿の潤子はかなり浮いていた。年配の女性でも、もっとおしゃれをしている。そのため昭和の学生みたいな服の潤子は、変に目を引いてしまう。それを解消するためにも最低限、格好は周りに合わせたものを用意する必要がある。

結局、靴に上着、インナー、レギンスとショートパンツという一式を揃え、十五万九千円（税抜き）。冒険者証を見せると一割引きということで、しめて税込み十五万四千五百四十八円をカードで支払った。

——本当はちゃんとした武器も買いたかったけど、今日は我慢だな。

高額の領収書に溜息をつく。木製バットは午前のダンジョン探索で割れてしまったため、仕方なくスポーツショップに行って新しい金属バットを購入し、１週間分の食料も買い込んで家に帰った。

□

朝に宝箱から出たのは『守りの指輪（小）』だった。銀製のピンキーリングのような細い作りで小さな青玉《サファイア》が付いている。『〇〇の指輪』といえばゲームではごてごてと大ぶりな印象があったが、現実はかなりシンプルだった。

「でも、このくらいの方が着けやすくていいかも」

ということで早速、左手の小指に装着した。防御が＋10というもので冒険初心者にはうってつけの装備だ。ついでにレベルアップのステータスポイントを振り分けた。

名前：鷹丘潤子　年齢：45歳　レベル：3
『火魔法Lv．3』『体術Lv．1』『棒術Lv．1』『身体強化Lv．2』『回避Lv．1』『打撃Lv．1』『精神耐性Lv．1』『索敵Lv．2』『暗記Lv．3』『計算Lv．3』
スキルポイント：11

アイテムによって変わったステータスは別枠表記されるようで、防御の数値に＋10が付いていた。隠し部屋と宝箱発見者のボーナスは両方とも運＋30だったので、ステータスは他の部分を中心に上げることにした。

前回は体力と魔力には割り振らなかったが、これも変化させることができるようだ。最初の数字から大幅にアップしたステータスは輝いて見えた。

「あれ？」

次はスキル強化だと思った時、異常に気が付いた。獲得していない《棒術》が載っていたのだ。

「バットをぶんぶん振ってたから身に付いたってことかな？」

最初からあった《暗記》や《計算》のように、自力でもスキルは獲得できるようだ。

「それじゃ新しいスキルを探そうかな」

獲得できるスキル一覧を見る。相変わらず数が多く、大量の文字が一気に表示されるため、一瞬頭がくらくらしてしまう。

「あれ？」

開いた画面は前回と少し違っていた。枠が三つに増えているのだ。そして以前はグレーになって選択できなかった3ポイントのスキルも、今回は全て選べるようになっていた。

「なるほど、一部のスキルはレベルが上がらないと獲得できないってことか」

新たに増えた枠のスキルは獲得に5ポイント必要らしい。ほとんどのスキルはまだグレー表示、つまり獲得できない。

「今のところ、5ポイントで獲得できるのは《武器製造》《防具製造》《道具製造》《錬金《れんきん》》の四種類だけか……」

どれも興味をそそられるスキルである。ゲームや冒険小説を読んでいたら、一度はやってみたい行為ばかりだ。

「《錬金》取っちゃおうかな……」

緑スライムから大量に『初級回復薬』が作れる『光苔』を手に入れている。『初級回復薬』は日本では北海道と九州のダンジョンでまれにドロップするくらいで、まだ市場に製法が出ていないらしい。ネットでも凄い価格で転売されていたりする。

そんな訳で今回は5ポイントの《錬金》と3ポイントの《隠蔽《いんぺい》》《魔力操作》を獲得した。《錬金》は『回復薬』を作れるようになるため、《魔力操作》は魔法をスムーズに使えるようにするためだ。そして《隠蔽》は……。

——このとんでもないステータスをうっかり人に見られたら困る！

という理由だ。魔法が見つからない世界で魔法が使え、『恵みのダンジョン』と名前の付いた称号を数多く持っている。これを見られたら隠しているダンジョンの存在が明るみに出てしまうだろう。

三つの光の球を吸収した後、ギフトと称号、魔法関連のスキルに《隠蔽》を掛けると、ステータスに《隠蔽》の効果を示す＊マークが付いた。

そうしてステータスの変更を終えたのは16時前だった。夕食にはまだ時間があるということで、再度ダンジョンに降りることにする。今日購入した新しい靴を履き、いつものジャージ姿で地下に降りた。

午前中に三つの洞窟の内、二つは確認を終えている。潤子は最後に残った広場正面の洞窟に入って行った。こちらも二つめの洞窟のように脇道がある。その一つ一つを丁寧に見て回った。不思議なことに感覚として次の階へ続く道が分かる。これが《迷宮対応》の効果なのかと感心しながら先へ進んだ。

途中数体の魔物を倒しながら、ついにこの階の最奥へ到達する。そこには下に続く階段があった。

——体力も魔力も問題ないからこのまま地下二階に進もう。

期待と不安を抱えながら一段ずつ降りて行く。わずか十段ほどで階段は終わった。

「……あんまり代わり映えしないな」

降りた先も赤茶の地面とむき出しの壁に囲まれていた。ただ、一階のような広い空間はない。細長い通路があるだけだ。

地下二階で最初に出会った魔物も一階同様、奇妙なものだった。

名前：白ネギ　ランク：F　レベル：3
体力：15　魔力：5
攻撃：16　防御：10　敏捷：8
器用：8　運：10
スキル
『足払いLv．2』

「今度はネギかい！」

思わずツッコミを入れても許されるだろう。体長50㎝ほどの緑と白の物体が歩いて近付いて来る。頭からぶら下がったネギ坊主が、歩行の影響でゆらゆら揺れている。足払いのスキルはあれが伸びて足を引っ掛けるのだろうか？

相手のスキルを食らうつもりはないので潤子は近付かれる前に魔法を放った。

「〝火矢《ファイアーアロー》〟！」
矢の形をとった火が勢いよくネギの中心を貫く。一瞬ごうっとネギ全体が燃え上がり、次の瞬間きらきらと光が散って消えた。後にはおなじみの球も転がっている。
「そしてまた光の球か。もしかしてこれって、新しい魔物を最初に倒すと出て来る仕様になってるのかな？」
『スキルスクロール（初級）』
《罠設置》
《罠感知》
《罠回避》
《罠解除》
どうやら罠にまつわるスキルのようだ。光の玉を見つめながらしばし悩む。
「設置はともかく、罠については感知も回避も解除も全部必要じゃない？」
見つけてもかわせなければ意味がないし、解除できなければ先に行けない。どれも必要なスキルだ。選ぶのは難しい。
思い悩んだ末、とりあえず最初だからと《罠感知》を選んでおいた。いずれ回避と解除も取った方がいいかもしれない。
そして白ネギのドロップ品は、当然のように白ネギだった。もやしも大量にあるのでこれと一緒に今日は鍋にしようかと考えた。まだ寒い季節であるし、夕食としては妥当だろう。緑と白のツートンの『魔石』と一緒にアイテムボックスに収納した。

□

地下二階は迷路のような構造だった。２ｍほどの幅の細い道は幾つも分岐している。《迷宮対応》がある潤子は迷うことはなかったが、一階のような隠し部屋を期待して、正解の道以外から全てを確認することにした。

「ここは……本当に野菜ダンジョンなの？」

しばらく歩いて、そんな感想を漏らした。白ネギの次に現れたのは青ネギだった。やはりこれも光る球が出たが、内容は白ネギと同じ罠系のスキルだった。この時は《罠解除》を選んだが、もやしの例を考えても同じ系統の魔物からは同じスキルスクロールが出るようだ。その後は白、青と交互にネギの出現が続いている。

野菜ダンジョンならば一階はスプラウト、地下二階がネギの階ということか。この先どれほど階層が続くか不明だが、階層ごとに種類が分かれているのかもしれない。

――本当に野菜ダンジョンなら食費がかなり楽になるかも？

期待を抱いた時、漸くネギ以外の魔物が現れた。

名前：赤《レッド》スライム　ランク：Ｆ　レベル：４

体力：20　魔力：10
攻撃：13　防御：15　敏捷：18
器用：8　運：8
スキル
『火魔法Lv．2』

　一階のスライムは緑だけだったが、地下二階は赤のようだ。スライムは魔法が使えるので少し危険だ。バットを振りかぶり、先制攻撃を加える。

「おおっと」

　初発は無事に当てられたが一撃では倒せず、こちらにも火の玉が飛んで来る。ぎりぎりでかわし、攻撃のために飛び上がったスライムをバットで打ち返した。

「ホームラーン！」

　中学時代には出なかったホームラン性の良い当たり。それが30年後に自宅の地下で出るなど、想像もしていなかった。これもステータス上昇の成果だろうか。打ちぬいた打球《スライム》は20mほど先のダンジョンの壁にぶつかり、きらきらと光になって消えた。

「ドロップ品は緑と同じか」

　そしてスキルスクロールの内容もまた、同じ四つの魔法だった。今回は《火魔法》と相性の良い《風魔法》にする。たった2日で二属性を得た。着々と魔法少女への道を駆け上がっている。

名前：鷹丘潤子　年齢：45歳　レベル：4
体力：80／80　魔力：90／90
攻撃：35　防御：35＋10　敏捷：35
器用：32　運：95
ステータスポイント：64　スキルポイント：14

新たな魔法を《隠蔽》するべくステータスを開くと、レベルが4に上がっていた。他のスキルも着実にレベルを上げていた。《成長促進》の効果が高いのだろう。思わずニマニマと笑みをこぼしてしまった。

「あれ？」

気になったのはステータスとスキルのポイントだ。これまでと違い一桁目が半端な数字になっている。潤子は獲得ポイントが2倍になっているから、それぞれ2ずつ余分に加わっていることになる。

「なんだろう？　何かあった？」

考えてみてもすぐには分からない。

気付けばかなりの距離を歩いて来ている。はっきりした時間は分からないが、たぶん2時間以上は経っているだろう。家に帰るには再び歩いて戻らなければならない。明日からは仕事があり、夕食も作らないといけないから、今日はこれで終わろう。

そう決めて、元来た道を引き返し始めた。

□

今日も風呂での反省会だ。温かい湯に浸かりながら、今日の行程を振り返る。

「移動距離が長くなるのがネックだなあ」

感覚でしかないが、地下二階はまだ1／4も進んでいない。それでも自宅まで戻るのに1時間近く掛かった気がする。帰宅して時計を見たら19時半を過ぎていた。まっすぐ戻ったとしてもこれだけ時間が掛かるのなら、平日はほとんど先に進めない。

「ゲームだったら一度行った所までスキップできるんだけど……」

そうでないと攻略が全く進まない。地下二階まではFランクの魔物しか出ないようで危険は少ないが、レベルを順調に上げるには問題がある。ついでにもやしばかりドロップしても、今度は使い切れなくて困ってしまう。すでに踏破《とうは》した階はショートカットできるなら、ぜひそうしたい。

残念ながら鷹丘家の地下ダンジョンには、ゲームのようなワープゲートやエレベーターのような設備はない。だとするとそうしたスキルを身に付けるしか解決法がない。ぶくぶくと湯に沈み、うんうんと唸《うな》りながらいい方法を考えた。

名前：鷹丘潤子　年齢：45歳　レベル：4
体力：80／80　魔力：90／90
攻撃：50　防御：50＋10　敏捷：50
器用：50　運：96

ステータスを振り分けると、見事に四項目が50で横並びになった。オールマイティーな冒険者になる計画が着々と進行中だ。

「移動ができそうな魔法は《空間魔法》なんだけど……」

ステータスの振り分けには比較的時間は掛からないのだが、悩むのはスキルの方だ。

一番効果がありそうな《空間魔法》は5ポイントの枠の中に存在する。しかしレベル4になった今も開放されない。そうなると他の道を探すしかない。

「早く移動する方法を探すか……」

悩んだ末、今回は3ポイントの《駿足《しゅんそく》》《看破《かんぱ》》《麻痺耐性》の三つと、1ポイントの《料理》と《掃除》を選んだ。《駿足》は速く移動するため、《看破》は隠し部屋などを見つけやすくするため、《麻痺耐性》は一人しかいない状態で動けなくなるのを避けるためだ。

《料理》は同じ食材が多くなりそうなのでそれを上手く使えるように、《掃除》は手早く効率的に済ませることでダンジョンに入る時間の確保になるかと考えた。残りの3ポイントは何か急に必要になった時に使用できるように、今回は残すことにした。

「これで多少攻略スピードが上がるといいけど……」

ダンジョンを安定させるためには、たくさんダンジョンに入り多くの魔物を倒さなければならない。平日はそれほど長い時間は入れない。明日からは《駿足》の効果を試しながら、レベル上げに勤《いそ》しむことになりそうだ。

「よし、ご飯にしよう！」

決めてしまえばもう悩んでも意味がない。すっきりと今日の疲れを洗い流し、潤子は夕食の準備のためキッチンに向かった。

□

ネット上にはダンジョンについて、真偽が不明の情報が数多くある。それらにどの程度の信憑性《しんぴょうせい》があるかを、精査する必要があるのだ。

「『初級回復薬』はニキビや肌荒れに効果がある、か……」

日本では希少な『初級回復薬』は、世界的には割と多くのダンジョンで発見されるらしく、色々な情報が上がっている。主な効能として体力の回復と、軽度の怪我の治癒《ちゆ》があり、特に女性から注目されているのは、火傷《やけど》や古い傷跡、それから肌荒れに効果があるという点だ。これらは実際に使用した女性たちからの感想を幾つも見つけることができた。

日本なら北海道と九州のダンジョンだけでまれに見つかる『初級回復薬』だが、以前はそこまで価格が高騰《こうとう》していなかったらしい。手に入りにくさと効果の小ささが見合わず、冒険者がそれほど必要としなかったからだ。

しかし数年前、口コミで肌に良いと広まると、冒険者でない一般の女性が手を出し一気に需要が高くなってしまった。今では冒険者向けの店で販売された物が、その数倍の値段でネットオークションで転売されている有様だ。

「『初級回復薬』はガラスと水と『光苔』を合わせて作るのか」

《錬金》を身に付けた時、頭の中に『初級回復薬』の作り方が浮かんだ。『光苔』は緑と赤のスライムを倒す度に入手できる。水は幾らでもあるから、あとはガラスがあればいい。

「ガラス製の皿やコップでもいいのかな?」

とりあえず百円ショップで購入したガラスのコップを三つ用意する。次に水の入ったペットボトルと『光苔』をアイテムボックスから取り出した。

「〝錬金〟!」

用意した物に向けて右手を翳す。その言葉と共に体の中から何かが抜けたような感覚があり、材料が金色の光に包まれた。

「おお!」

光が消えると、小さめの栄養ドリンクくらいの大きさの液体が入った瓶が現れた。鑑定すると《初級回復薬:体力を32回復できる》と出る。どうやら《錬金》は成功したらしい。

後にはガラスのコップが二つ、中身の残りが半分程度のペットボトルが置かれていた。皿に載せた『光苔』も、多少減ったもののまだ大半が残されていた。

「一本につき、スライム二体分くらいの『光苔』が要るのかな?」

スライムはこれまでに十二体倒しているので、あと五本分くらいは賄えるはずだ。キッチンを探し、使っていないガラス容器を持ち出す。水もたっぷり準備して再度《錬金》した。

「『初級回復薬』を一本作るのに必要な魔力消費は1なんだ……」

潤子の魔力消費は半減しているので、実際に必要なのは2だろう。スライムはどのダンジョンでも出現する魔物なので『光苔』も手に入りやすいはずだ。ガラスや水は言わずもがな。なのに、『初級回復薬』がずっと品薄ということは……。

「作り方が分かっていない……。つまり《錬金》を持っている人がいないってこと?」

せっかく作った『初級回復薬』だが、出処《でどころ》が不明の物を買い取り業者に売ることは難しいかもしれない。かといってネットオークションに出すのも危険だ。

とりあえず一本、自分で飲んでみることにした。

体力は完全に戻っているが、皮膚《ひふ》には子供の頃の傷跡や虫刺されの跡など気になる部分が結構ある。美肌に効くというのなら試してみたい。

「……美味しくない……」

ぐびっと一気に呷《あお》ったが味は正直良くはない。初期の青汁よりはまだ飲めるという程度だが、効いたかどうかの実感もない。

時計を見るともう22時を回っている。明日は仕事だ。効果が確かめられないのは残念だが、今日はここまでにして眠ることにした。

□

「分かってんのか？　俺の言うことが聞けないって言うなら、さっさと辞めちまえ！」

自分の席からほんの少し離れた場所から響き渡った社長の怒声に、潤子は肩をすくめた。

「お前は部長なんだぞ！　管理責任者だ！　分かってるだろ！」

一方的な罵倒《ばとう》はもう20分以上続いている。同じ言葉が何度も繰り返され、いつまでも終わりが見えない。潤子は恐怖でぐっと奥歯を噛みしめた。なんでもいいから早く終わってほしい。願うのはただそれだけだ。

今の会社に勤めてもう12年過ぎたが、環境は入社時から何も変わらない。入社3日目に初めて目にした、激しく怒鳴り散らす社長の姿に震えあがり『あんな怒られ方をされるのは耐えられない』と退職を願った。

しかし採用担当に『今は忙しい時期だから苛立っているだけだ。普段はあんなことはない』とごまかされ、結局流されてしまった。そうしていつまでも流され続け、退職できないまま今に至っている。

潤子が怒られている訳ではないが、自分以外が対象だとしても近くの席で怒声や時おり飛んで来る物に怯えていては、とても仕事にならない。

社長の怒りは営業部長に向けられたものだ。

部長は5日前自宅でひどいぎっくり腰になった。当然、療養《りょうよう》のために休暇を取ったのだが、復帰してもすぐには本調子とはいかずに通院のために早退した。不運にも、その直後に社長が出勤したのだ。

どんな理由があれど、社長にとっては管理職が社員を残して帰宅するなどもってのほかということらしい。俺が法律、というやつだ。

さっきから精神的な疲労で体力が減っては《超回復》で回復を繰り返している。同時に《精神耐性》も鍛えられている気がした。魔物を相手にするよりずっと効率がいいかもしれない。

——ああ、早く辞めたい……！

何度目か分からない考えが浮かぶ。だが、金銭的な不安が大きく、行動には移せていない。

——試しに宝くじでも買ってみる……？

20年以上外し続けたが、これまで1しかなかった運が今96になっている事実がある。多少は期待が持てるかもしれない。

——でも、今月は出費が多かったからなぁ……。

装備の購入でひと月の稼ぎに近いものを吐き出してしまった。それでいて現状、冒険者稼業の方は野菜しか収入がない。依然《いぜん》、無駄遣いはできない状況だ。

たぶんそろそろレベルが上がるから、運を上げて100以上にする。そうしたら月末の給料でスポーツくじなど買ってみてもいいかもしれない。

ステータスの数値が日常生活にどの程度の影響を及ぼすのか、まだよく分からない。今まで高額当選は三千円が一回だけ。一万円でもいいから、購入金額より高い当たりを経験をしたい。

未だ響く怒声に身をすくませながら、潤子は現実逃避に勤しんだ。

□

3月3日、日曜日。潤子は再び東京ダンジョンへ来ていた。恵みのダンジョンで手に入れた『魔石』を売るのに、東京ダンジョンで取得した物と混ぜるのはどうかと思ったのだ。

初心者だと思ったのだろう、入口広場の奥へ進もうとする潤子を若い警備員が止めた。

「レベル1の方は、この先は立ち入り禁止です」

「私レベル5です。通してもらえますか？」

差し出した登録証を目にした警備員は、驚いたように口を開けた。「すみません！」と慌てて道を開ける彼に、潤子は「いえいえ」と笑顔で応える。前回では入れなかった奥の洞窟に、初めて足を踏み入れた。

周囲を窺《うかが》いながら、潤子は常時使っている《索敵》だけでなくレベル5になった際に取得した《気配察知》も発動させた。

奥にもかなりの冒険者がいるようだ。これは魔法を使う時は相当気を付けなければならない。

洞窟に入ると、中は非常に入り組んだ構造になっていることが分かった。

――一応、隠し部屋があるか気になるからなるべく全部見て回ろう。

東京ダンジョンの一階はほぼ地図が完成していると聞く。拾得品《しゅうとく》の買取《かいとり》店に行けば、一階の地図は千円で購入できる。そのため狩り場や階段付近など、おのずと人が多くなる場所は決まっていた。潤子は無理に地下二階に降りるつもりはないので、階段に続く道は避けて脇道や行き止まりを一つ一つ潰していくことにした。

「〃火球〃」

人目がある所ではバットを振っていたが、やがて誰もいなくなったので、潤子は初めて魔法を使った。

「よし！　肉ゲット！」

恵みのダンジョンとは違う食料がドロップしたことに潤子は目を細めた。その瞬間、もう聞きなれてしまったあの声が響いた。

《魔法の使用を確認しました。称号〃『東京ダンジョン』初魔法使用者〃とギフト〃地図化〃を取得しました》

――えっ？

一瞬頭が真っ白になる。これまで東京ダンジョンに出入りした人は誰も魔法を使えなかった。だから潤子が初めてになってしまったのだ。

ダンジョン出現から現在までスキルスクロールが出なかったのか、あるいは手に入れた人が使う前に亡くなってしまったのか、事情は分からない。いずれにせよ、潤子が恩恵《おんけい》を受けることになってしまったのは確かだ。

「《地図化》はありがたいからいいかな？　気分的にはちょっと複雑だけど……」

光の球を吸収し、ドロップ品のコッコ（ひよこのようなFランクの魔物）の肉と『魔石』を収納する。『コッコの肉』はかなり有名なドロップ品だ。コッコ自体が小さいため一体当たり50ｇ程度しか獲れないが、味は鳥のささみによく似ているらしい。自宅の野菜と一緒にスープなどにすればちょうどいいだろう。

一獲千金を狙う冒険者たちとは離れた、人気のない場所で悠々《ゆうゆう》と狩りを続けることにした。

「畜生！　また獲物を奪《と》られた！」

「いつになったら下に行けるんだよ⁉　今日は二匹しか狩れてないぞ！」

時おり人の近くに行くと、こんな愚痴が聞こえてくる。

レベル2から3だと、潤子は十体くらい魔物を狩ったはずだ。つまり、普通の人は二十体は狩らなければいけない。一日に二体のペースではそれなりに時間が掛かるだろう。

――もっと人のいない所に行けばいいのに。

心の中でそう思うが、口には出さない。なるべく彼らから離れ、人目を避けながら脇道を進む。

探索を続けると、視界の隅で何かが光った。

「《看破》が反応した？　じゃあここ、隠し部屋があるかも！」

光を放ったように見えた壁に手を触れる。予想通り、潤子の体はかつて恵みのダンジョンで経験したのと同じように壁をすり抜けた。

《隠し部屋を発見しました。称号〝『東京ダンジョン』初隠し部屋発見者〟とギフト〝言語理解〟を取得しました》

「ここもか！　皆、何やってるの⁉」

光の球を受け入れながら、思わず悪態《あくたい》をついてしまう。

「魔法がなくても色んな壁を調べるのは普通じゃないの？　まあ、ここは階段と離れてるし、誰も探索に来ないのかもしれないけど……」

溜息をつきながら奥の宝箱に近付く。箱の装飾は恵みのダンジョンのものとは少し違うが、大きさは同じくらいだ。《罠感知》で罠がないことを確認して宝箱を開けた。

「………………」

初宝箱発見者の声が掛からなかったことに安堵《あんど》した。宝箱は隠し部屋以外にも普通にあるのだろう。ゲームならボスを倒すと出て来ることがよくあるので、そういった形で見つけた人がいたかもしれない。

「あ、やった！　武器だ！」

〝鑑定〟結果は《漆黒《しっこく》のダート：必ず的に命中する　レアアイテム》とある。どうやら特別な力を帯びた武器のようだ。黒一色の短い矢のような形状のそれは、まさに暗器《あんき》といった印象だ。

「投げるのは結構得意なんだよな」

誰もいないので自画自賛してみる。実際、握力は誰よりも弱いのに小中とソフトボール投げの学校代表になったのだ。高校のハンドボール投げは散々だったが、掴むことができるなら遠くへ飛ばすのは上手いと思っている。

「ひよこがいるなら鳥もいるかもしれないし、飛んでる相手に役に立ったりして」

初めての武器らしい武器に顔がほころぶ。『漆黒のダート』が入っていた宝箱をアイテムボックスに仕舞い、潤子は狩りを再開した。

□

カラーン！

ドアベルが軽やかな音を立てる。冒険者ギルドに潤子が足を踏み入れたのは20時を少し回った頃だった。

冒険者ギルドといっても冒険者登録や仕事の斡旋《あっせん》を行う所ではない。ただの店名だ。日本ダンジョン協会が管理するダンジョンから出た素材や道具を買い取ったり、武器や防具を販売する店舗で、名前がそうなったのはファンタジーを望む者たちの願望を叶え、将来的にはそのような活動も行いたいという意図からだそうだ。

「いらっしゃいませ。買取ですね。登録証を提示してください」

20代後半という雰囲気の綺麗な女性が笑顔で挨拶《あいさつ》する。木製のカウンターといい、受付が全員女性であることといい、店名の持つイメージを具現化しようと努めているのだろう。

夕方は一番混むと聞いたため時間をずらしたが、正解だったようだ。幾つかのカウンターは埋まっていたが、すんなりと席に着くことができた。冒険者登録証を提示し、買取依頼の『魔石』が入った布袋を取り出した。

「わあ、頑張りましたね～。全部買取でよろしいですか？」

「はい、よろしくお願いします」

袋に入った魔石をばらばらとトレーに入れる。今日この東京ダンジョンで獲得したのは四十八個、それに恵みのダンジョンで得た物を足し七十八個を買取に出した。多すぎて不審がられるかと少し心配したが、受付嬢は『魔石』の山になったトレーに目を輝かせるだけであった。

「今日の最高の成果ですよ。Fランクの魔物は取り合いになるのに、お一人でこれだけ集められるなんて凄いです！」

「階段へ向かう道が凄く混んでいたので、端の方でのんびり狩ってました。ほとんど人がいないので取り放題でした」

「そうですよね。離れた所で魔物を探す方が数は取れるんです。でも、なかなか端に行く人っていないんですよ。早く下に行きたいって皆さん焦るんですよね」

かえって稼げないのに、と続けながら、杉村《すぎむら》という名札を付けた茶髪の受付嬢はタブレットに数を打ち込んだ。

「全部で七十八個です。Fランクの『魔石』は買取額が百円ですので、七千八百円のお支払いです。現金でよろしいですか？」

「現金でお願いします」

「では画面の確認ボタンを押してください」

カウンター上のタブレット画面に数量や金額が表示されている。確認ボタンを押すと、カウンターの一部が開き買取額分の現金を載せたトレーがせり上がって来た。潤子は金額を確認し、財布の中に仕舞った。

「差し支えなければ伺ってもよろしいですか？　魔物から他にドロップ品はありませんでしたか？」

帰り支度《じたく》をしていると、杉村がおそるおそる聞いてきた。

「コッコの肉が幾つかドロップしました。でも、一度食べてみたいので今日は持ち帰ります」

「そうですか……。次回はぜひ買い取らせてくださいね」

潤子の答えに、杉村は少しがっかりしたような表情を返した。その様子に首をかしげると、最近買取数が減っているため定期購入の店の要望に追い付かないのだと話してくれた。

「でも売っても安いから自分で食べるって気持ちも分かるんです。一つ当たり五十円ですから」

「それは安いですね」

杉村の言葉に潤子は苦笑する。それでは十個売っても五百円だ。お小遣いにもならないし、そもそもそんなにドロップしないと聞いた。潤子は今のところドロップ率100％だが、平均的には六～八体に一個くらいだそうだ。

——ごめんね、私、十八個も拾っちゃった。

心の中で謝罪する。でも先月は出費が多く金欠なのだ。食費を軽くするためにも肉は欲しい。

「買取はこれで終わりですが、他に何かございますか？」

「ここで素材を買うことはできますか？」

「一部でしたら可能です。店頭になくても取り寄せできますよ」

その答えに潤子は頷き、こう返した。

「ダンジョン産のガラスってありますか？」

「ガラス、ですか……？」

「はい。北海道のダンジョンで産出されるって聞いたんですが……」

意外すぎる要求だったらしく杉村は一瞬呆《ほう》けた後、慌てて手元のタブレットを操作し始めた。1分ほどすると、潤子側のタブレット画面に商品が表示された。

「確かに北海道のダンジョンから出るそうです。ガラスは希望する人が少ないようで、今は安く買えるみたいですね」

「幾らくらいですか？」

「今なら1kg二百円前後ですね。ただ、今はここに在庫がないので、取り寄せで送料とお時間が掛かってしまいます」

タブレットを確認しながら杉村が説明する。予想以上に安い価格に、潤子は大きく頷いた。

「次の土曜か日曜にまた来ますので、それまでにガラスを10kgほど取り寄せできますか？」

「土曜でしたら可能です。ただ、価格は変動しますのでお引き取り時の価格でのお買い上げになります」

申込書に商品名と数量、氏名と住所を記入し引き換えの証明書を貰う。

これで、今日東京ですることは全て終わった。杉村の丁寧な挨拶を背に、潤子はギルドを出た。

□

3月4日の月曜日だ。昨日は東京のダンジョンに10時間くらい入った。自宅のものより10倍近い大きさのダンジョンは1日では《地図化》も完了しなかった。それだけに魔物の数も多く、収穫も大量であったのだが。

——あのダートは凄かったなぁ……。

投げれば絶対命中するレア武器で、Fランクの魔物はあっという間に塵《ちり》となって消えてしまう。人が近くにいて魔法が使えない場所ではとても役に立った。潤子にとって大当たりといえる武器だ。

——ん？

仕事中に《索敵》が反応した。顔を上げると、違う島の机からこちらを見ている顔があった。それが誰か分かって潤子は気付かないふりをして再び仕事に取り掛かった。

——なんだろう、あれ？

《気配察知》と違い《索敵》は常に発動している。だからダンジョン内にいなくても潤子に悪意がある者が近付けば反応する。しかしその相手に敵認定される覚えが潤子にはなかった。

——何か失敗したのかな？　でもそうだったらもっと大騒ぎのはずだけど……。

こちらから声を掛けるということに抵抗がある相手なので、気付かないふりをするしかない。戦々恐々としたまま潤子は自分の仕事をこなした。

電卓を打っていると敵意が近付いて来た。潤子は慌てて仕事に集中しているふりをした。

「鷹丘さん」

「はい！」

頭上から掛けられた声に、潤子は思わぬ呼び掛けに慌てたふうに顔を上げる。不安げな表情を作り、ミスを恐れる社員を演じた。

声を掛けて来たのはこの会社の専務でもある社長夫人だ。声が大きく、ずけずけと物を言う気の強い人で、相手に反論を許さない強情なところがある。眉をひそめ、潤子を見るその顔は明らかに不機嫌さに満ちている。

「あなた……化粧品変えた？」

「え？」

意外な言葉に怯える演技も忘れ、思わず素の声が出てしまい慌てて口を押さえた。質問の意図は分からないが、覚えがないため小さく「いいえ」と首を振った。

「あなた少し前から印象が変わったのよね。痩せたようだし肌も綺麗になってる。何かしたの？」

「いえ……あの……」

潤子が最も苦手な話題だ。そもそも外見をあまり気にしたことがない。化粧品の話題など参加できないし、使っているのは全てドラッグストアで手に入る安物だ。

「何？　何もしてないってことはないでしょ？」

「あ、あの、少し前からダンジョンエクササイズを……」

何故そんなことを聞かれているのか分からず、とりあえずエクササイズのことを打ち明ける。

「ダンジョンエクササイズ？　昔に流行《はや》ったダンジョンダイエットっていうやつ？」

「あ、はい。ダンジョンに入って、インストラクターから運動の指導を受けるんです」

「へぇ、そうなの……」

小柄だが太ましい体型の専務がまじまじと見てくる。潤子は視線を受け、困ったように苦笑した。答えにくい部分もあるのでごまかすため少し詳しい話をした。

「ダンジョンを管理する協会が主催するコースですからそんなにきつくないですし、それでいてしっかり運動できます。私が参加した回は60代のご婦人がいましたが、もう三度目だって言ってました」

「噂《うわさ》は聞いていたけど、そんなにいいの……」

「この辺を走ったりジムに行くよりは手軽だと思います」

それ以上は言えないので笑顔を向けてみる。専務はなおも不審げな顔で潤子の顔を見ていたが、やがて「邪魔して悪かったわね」と立ち去って行った。

――そんなに変わった？

昼休みにトイレの鏡で自分を見てみる。自分では分からなかったが、言われてみると頬のシミがなくなり、肌も以前よりハリがある気がする。

――これは『初級回復薬』の効果かな？

『初級回復薬』は継続的に作っているが、売ることができないため、処理も兼ねて寝る前に一本飲むことが習慣となっていた。

その効果なのか、小さい頃の怪我《けが》の跡や下着の金具が当たる部分の変色が薄く、目立たなくなったとは思っていた。しかし、顔まで変化しているとは思わなかった。

――肌に効くって本当なんだ。

普段はあまり鏡を見ない。化粧映えのしない地味な顔立ちなので、適当にパタパタとやるだけだった。

45歳になり、シミやシワが目立つようになってきたのは事実だ。誰だって老化には逆らえない。

――確かにシミ、消えてるなあ。

トイレの鏡を見ても目の下の頬骨の辺りにあったグレーの斑点《はんてん》が見えなくなっている。シワも心なしか減ったように見えた。

もしかすると、初級回復薬は紫外線やストレスによる肌のダメージを回復してくれているのかもしれない。理屈は全く分からないので、とりあえずそう思っておく。

そもそもダンジョンが潤子の家に現れたことも、説明などできないのだ。ただ事実を受け止めるしかない。家を守るためにダンジョンに入り、その過程で得たスキルで『初級回復薬』を作って飲んでみたことも……。理由を考えてみても結局はそうなってしまったというしかない。

――良い効果は出てるんだから、これからも続ければいっか。

そう考え、一度顔をパンと叩く。ダンジョンができて色々なことがあり、変わったこともある。そんなこんなを全部受け止め、午後の業務につくために潤子はトイレを後にした。

□

先週の後半は仕事が忙しく、あまりダンジョンに入る時間が取れなかった。しかしそれまでは朝1時間、夜2時間、毎日潜っていた。

地下二階はネギの階かと思っていたが、ニラやアスパラガスも登場することが分かった。アスパラガスからは《体術》《柔術》《蹴撃術《しゅうげきじゅつ》》のスキルスクロールが出たので《蹴撃術》を取った。

そして地下二階の隠し部屋の宝箱から『力の指輪（小）』を手に入れた。見た目的には『守りの指輪』の石の部分が赤に変わっただけという感じで、身に着けると攻撃の数値が10増えた。

2月28日の夜にレベルアップし、念願の《空間魔法》と《水魔法》《気配察知》を取得した。《気配察知》は東京ダンジョンに入った時に、他の冒険者の位置を確認できると思ったのだ。

そして待望の《空間魔法》のおかげで地下二階に直接行けることになった。この転移はダンジョン内限定で、家の中とダンジョンを直接行き来はできない。また行ったことのある場所しか行けない。そして階をまたぐ時は必ず階段を降りた地点になるようだ。

そして、レベルが上がると移動できる距離が増えることも分かった。レベル1なら100m程度だが、レベル3まで上げると10㎞も飛ぶことができた。

——もっとレベルを上げて東京まで飛べたら、電車賃が浮く！

ということで先週、冒険者ギルドを出た後で転移しても人目につかず、監視カメラもない場所を密《ひそ》かに探しておいた。

地下三階に降りたのは3月2日のことだ。その時気付いたが、地下三階に降りたことでスキルとステータスのポイントが各6ポイント増えた。少し以前に各4ポイント増えたことがあったが、新たな階に降りるとその階数分ポイントが与えられるらしい。

それから数日後、仕事が繁忙期《はんぼうき》を抜けたため、ようやく地下三階を本格的に探索できるようになった。


——これまでと全然雰囲気が違うな……。

一階と地下二階は岩がむき出しの壁に赤茶の地面だったが、地下三階の壁は道の一方だけ。壁がない方の道沿いはたくさんの畝《うね》が並ぶ畑が延々と続いていた。

「この明るさはどうやって出しているんだろう？」

太陽がある訳ではないのに、昼間のように明るい。しばらく道に沿って進むと、畑の方から敵の出現を感じた。

「あれは……ほうれん草？」

正解は小松菜《こまつな》だった。畑から這《は》い出たらしく手足が土に汚れている。腰らしき場所に手を当てて偉そうに胸を反らすと、次の瞬間、頭というべき上部を思い切り振り下ろして来た。

「やばっ⁉」

風の刃が二つ、潤子に向けて飛んで来た。慌ててしゃがんでかわし、体を起こすのと同時に飛びかかって来る小松菜の姿が見えた。

名前：小松菜　ランク：E　レベル：5
体力：35　魔力：12
攻撃：22　防御：15　敏捷：10
器用：8　運：12
スキル
『風魔法Lv．2』『短剣術Lv．1』

「Eランクってこんなに違うの!?」

驚愕《きょうがく》したものの体は動いた。伊達《だて》にステータスが上がった訳じゃない。ゴロンと地面を一回転して、小松菜の葉先の鋭い刃をかわすとその背にダートを投げ付ける。黒い刃がど真ん中に命中し、青い葉がはらはらと地面に散って消えた。

「やばかったー、びっくりしたー」

両手を後ろ手に突いて空を仰ぐ。Fランクの簡単さに慣れ、ダンジョンを甘く見ていた自分を恥じた。そう、あれは野菜である前に魔物なのだ。彼らは自分を狙い、倒すために向かって来るのだ。

呼吸を整え立ち上がる。魔物が倒れた場所には一束の小松菜と、これまでより一回り大きい透き通った緑の『魔石』と光る球が落ちていた。

『スキルスクロール（初級）』

《睡眠》

《麻痺》

《毒》

《呪術《じゅじゅつ》》

小松菜が落としたスクロールはいわゆるバッドステータスを与えるスキルだった。人に後ろ指を指されそうなスキルだが、一方で魔物と戦う時には有効だろう。

「……《睡眠》でお願いします」

もうとっくに、自宅にダンジョンを隠すという世間的には問題があることをしてきた。全てはこの家を守るため。この力を得ることで魔物討伐が捗《はかど》るなら進んで使うべきだろう。

それに……。

――《睡眠》って自分に掛けてもいいじゃない？

元々、多少不眠の気がある潤子には願ったり叶ったりの能力でもあったのだった。

□

月初《つきはじめ》の忙しさも一段落し、水曜日から朝1時間、夜1時間半～2時間をダンジョン攻略に使えるようになった。

地下三階はどうやら葉物系の階らしい。青《ブルー》スライム以外は小松菜とクレソン、そしてセロリが出て来た。クレソンは小松菜と同じスキルスクロールだったがセロリは違った。小松菜が出したものとは逆に、バッドステータスに対する耐性を得るものだった。

せっかく熟睡《じゅくすい》用に《睡眠》を取ったのに効かなくなるのは困る、ということで、《呪術耐性》を取っておくことにした。麻痺と同じく身動きできなくなることを恐れたのだ。

青スライムからは緑と赤と同じ四属性の魔法のスクロールが出たが、そのまま《アイテムボックス》に収納することにした。すでにポイントで《水魔法》を取ってしまったし、《土魔法》もそれでいいのではと思ったのだ。

それにしても、ダンジョンが広くなった気がする。感覚的なものでしかないが、階を降りるにつれエリアが広がっている気がする。分かれ道や脇道を歩く長さや時間もかなり延びていた。

——東京とか他のダンジョンもそうなのかな？

だからこそ自衛隊が部隊を投入しても遅々として攻略が進まないのかもしれない。東京の一階はここより10倍大きい。同じように下へ行くほど広がっているのだとしたら、18年以上経った割にそれほど攻略がされていないのは仕方ないのだろう。

「それにしても、何もない畑からよく野菜が飛び出して来るなー」

畑の見える範囲には何も植わっていない。なのに、近付くと突然、成長した野菜が飛び出すのだ。

「本当に不思議な世界だ……」

面白いと言って終わらせてしまうのは簡単だ。でも、なんのためにこんなものが現代に現れたのだろうと悩み出すと果てが見えなくなる。

——理由が分かって、この世からダンジョンがなくなる日が来るのかな？

世界中に現れたダンジョンは増えることはあっても、一つもなくなっていない。完全攻略できたという話も未だ聞かない。

ぶるっと潤子は頭を振った。また意味のないことで悩んでいるのに気付いた。

そして、その油断を狙って小松菜が集団で飛びかかって来る。《風魔法》と鋭い刃の連続攻撃は複数相手だとなかなか厳しい。しかし何度か戦闘を経験しているうちに潤子も魔法とダート、そしてバットと《体術》や《蹴撃術》を併用しながらの戦いに慣れていった。

——レベルが上がるってこういうことなのね！

背後に回り込もうとする小松菜に回し蹴りを食らわす。反転しながら右手で《火魔法》、左手で《風魔法》を放つ。社会人になってからろくに運動もしなかった体が、レベルアップするごとに自由に、力強く動くようになる。相変わらず左右のパワーの差はあるが、もはや利き手で武器を取り落とすことなんてない。戦いという異常事態の渦中《かちゅう》であるはずなのにそのことが嬉しく思えてしまう。

——何も考えない。今はただひたすら、このダンジョンを攻略するだけ……！

戦って、獲得した野菜を集めて食事して、朝と夜はダンジョンに降りて昼間は会社勤めをする。日常と非日常。誰にも明かせない事情を抱え、潤子はひたすら選んだ道を歩き続けるのだった。

□

「鷹丘さんのお弁当って野菜たっぷりだね」

昼休みの休憩室でお弁当を食べていた潤子に声が掛かった。

「先月出費が多くて、節約料理なんです」

「そうなの？　でもネギって今そんなに安くないよね」

「そうそう、お鍋に使いたくても値段で躊躇《ちゅうちょ》しちゃう」

パートの主婦たちが皆大きな相槌《あいづち》を打つ。どうやらネギは今、高いらしい。

この前の日曜は東京に行っていたため買い出しができなかった。多めに買い込んだ肉類とダンジョン産の野菜でなんとかなると思っていたので、少しばかり世情に疎《うと》くなってしまっていたらしい。

「ちょっと前に親戚《しんせき》が送ってくれたんですよ。一人だからなかなか食べきれなくて……」

いいわね〜と羨《うらや》ましげに言うおば様方に笑顔で頷く。ここは適当に流した方がいい。ツッコまれない程度の嘘でごまかしておくに限る。

「いやねぇ、鷹丘さん、最近痩せたでしょう？　でも、やつれたって感じじゃないから、食事が良くなったんじゃないかって皆で話してたのよ」

「そうそう、前は冷凍食品が多かったでしょう？　でもここのところ、ちゃんと作ってるみたいだから」

へえ、と潤子は感心した。よく見ているると思ったのだ。

確かにダンジョンができる前の弁当は、生野菜をちょっと添えるだけでほぼ冷凍食品だった。一人分を作る方が手間だし朝からばたばたしたくなかったからだ。

自作のおかずが増えたのは、獲りすぎたもやしの処理のためだ。だから最初はもやしの炒め物だけ、どん、と入っていたこともある。ネギやニラ、小松菜なども増えてそれなりの体裁《ていさい》が取れた弁当になったのはつい最近のことだ。

今日のお弁当は青ネギとじゃこの炒めご飯にもやしのナムル、小松菜入り卵焼き、白ネギのベーコン巻きにカイワレとセロリのサラダだ。これと同じ内容の弁当が《アイテムボックス》にあと二つ入っている。一人分作るのは不経済だし料理しなくていい日も欲しかったから、三〜四回分まとめて作るようにしている。

またもいいわね〜と羨ましげに言うおば様方に笑顔で頷いて、潤子はご飯を口に入れた。

――うん、美味しい。

自分で作ったおかずながら潤子は満悦《まんえつ》した。炒め方も味付けもちょうどいい。じゃこの風味と食感も効果的だ。何より、青ネギの香りがいい。他のおかずも、どれも美味しかった。

大学時代に独り暮らしをしていたので一通りの料理は作れる。だが、作ったものが美味しいかといえば話は別だ。元々食べることにそれほど興味がない人間で、食べられればいいやと済ませてしまうため、たまに潤子が作ると家族が微妙な表情をすることが多かった。

――やっぱり《料理》スキル取って正解だったな。

少し前までは使う食材が偏っていた。母の作ったミネストローネのように、今回も大量のもやしのせいで野菜が苦手になるかもと危惧したが、ダンジョン産のもやしが意外なほど美味しかったことと《料理》スキルのおかげでそんな事態は免れられた。しかも、それがこうして周囲のおば様の好感を誘うなど予想外のことだ。

――人生って分からないもんだな。

自分自身は意識していなくても、案外人は見ているらしい。多少の変化は感じていても、それが噂になったり専務の注目を引いたりするとは思いもよらなかった。

――まあ、今は料理も楽しいし、食事も美味しく感じるから、このままでいいかな。

いつもは一人で静かにお弁当を食べていたが、たまにはこうして誰かと喋《しゃべ》りながらでもいいだろう。珍しく明るい表情で、潤子は主婦たちと共に、余り物野菜の料理談議に花を咲かせた。

□

「おお！　思った以上に下がってる！」

本日のダンジョン攻略を終えた潤子は、入浴後に久々に体重計に乗ってみた。すると、52・8と表示される。これは昨年夏の健康診断から５kg以上少ない数字だった。

「やけに体が軽いとは思ってたけどここまでとは……」

数字として目にすると改めて実感が深まった。ダンジョンに潜り始めて半月と経っていないが、すでに40代に入る前くらいの体重に戻っている。

潤子の身長の伸びが止まったのは高校1年の頃、ついに160㎝に届かないまま成長期が終わってしまった。当時の体重は43㎏弱、痩せて骨の目立つ体型だった。文化部に入って運動量が減った高校卒業時は47㎏。潤子は、少し肉が付いたことを逆に嬉しいと感じていた。

小学生の頃、身長に比して痩せぎすな自分の体がコンプレックスだった。さらにある年の春、測定の時に担任が小さく呟いた言葉がそのコンプレックスを後押ししたのだ。

『このクラスは宇宙人みたいのばかりだな。みっともない』

細身の子が多かったクラスの中でも代表的だった潤子はいたくショックを受けた。健康に問題はなかったのだが、体重が増えないことを恨めしく思うことさえあった。

だから大学に入って、50㎏を超えた時は嬉しかった。原因は、授業と深夜のバイトと不規則な食生活によるものだ。だが、痩せていることにコンプレックスを感じていた潤子は、むしろそれを受け入れていた。

そこから増量したり、ダイエットに目覚めたりで体重は増減を繰り返し、ついに前回の健康診断では最高値である58㎏まで増量してしまった。

元々体の左右でバランスの悪い筋力をしていることから、社会に出てからは激しいスポーツはやっていない。当然、年齢と共に代謝も落ちて太るのだが、潤子はそれすら仕方のないものとして受け入れていた。

だが、ダンジョンに入ってその意識も変わったように思う。日頃から社内で駆け回ったりしている潤子にとって、歩くだけで十分な運動になるダンジョンはうってつけであったのだろう。

そして今、ダンジョンを通じて誰かと繋がることもできている。ダンジョンは今や、不幸を嘆《なげ》き、空気のような存在になりかけていた潤子に生きる意味すら与えてくれていた。

「生きてる限りは、生きないと」

子供の頃からの潤子のモットーだ。とりたてて成し遂げたいこともなく、先の見えない不安だけがあったとしても、それでもこのモットーを胸に生きてきた。

そして、潤子はこれからもそうやって生きていく、そのためにはこのダンジョンを維持しなければいけない。

ダンジョンを目にした時は不安で押し潰されそうだったが、努力した結果は、数字となって表れてくれた。依然、二重生活の負担は大きいが、些細《ささい》なことが気持ちを晴らしてくれるのだという発見もある。

「少しでも良いことがあれば、やっていけるんだな」

潤子は体重計を片付け、うきうきと夕食の準備に取り掛かるのだった。

□

ほぼ最初から《迷宮対応》のギフトを持っていた潤子はダンジョンで迷ったことがなかった。なんとなくだが先に進む正しい道が分かるし、帰りも迷わない。

だが、普通はそうはいかない。ダンジョン内では電子機器や方位磁石は役に立たず、ほぼ正しい地図のある東京ダンジョンですら人の多い道を外れてしまうと、何日もさまようハメになる。

「私は本当にラッキーだったんだ」

ネットで知った情報に、潤子は改めてギフトのありがたみを噛み締めた。『ダンジョン《迷宮》』において『迷わない』というのは何よりの強みなのだ。

そして新たに得たギフト《地図化》。当初は《迷宮対応》と似たようなものだと思っていたのだが、その役割は全く異なる能力だった。

《迷宮対応》はダンジョン内の自分の位置がおおよそ分かるという能力だ。分かれ道をどのように進んでも本筋に戻ったり帰路につくことができる。だが迷路のような道が、どのように繋がりどこまで広がっているかはなんとなくの感覚でしか分からない。

《地図化》は、自分が一度通った道を地図として記憶できる能力だ。その階をくまなく歩けば遊園地などで見る迷路の地図が完成する。道がどのように曲がりどのように繋がっているのか視覚的に確認できるのだ。もちろん、完成すれば広さも把握できる。

「恵みのダンジョンの一階がほぼ1㎞四方、地下二階は1.5㎞四方……」

地下三階は2.3㎞弱なので、階が下がるにつれ大雑把に1.5倍ずつ広がっているらしい。広がれば広がるほど道の数が増え、複雑さも増す。当然、魔物の強さも増し、攻略難度が上がる。

18年経っても東京ダンジョンの攻略が進まない理由は、《地図化》を得てようやく理解できた。

先日、東京ダンジョンの《地図化》を完成させようと、片っ端から道を辿ってみた。

《地図化》で認識した地図はダンジョンの外でも思い浮かべることができる。頭に浮かんだ東京ダンジョンの一階は、入り口広場の洞窟に入った辺りから左側は完成している。最奥まで行った距離はほぼ10㎞。右側と中央付近は今はちぎれたようになっており見えないが、もし恵みのダンジョンと同じく1.5倍ずつの正方形の地図ができるとしたら、現在自衛隊が攻略している地下七階は約114㎞四方もの広さになる。

「ステータスの問題だけじゃなく、広すぎて次の階の階段が見つからない可能性もあるんだ」

《迷宮対応》のスキルがある潤子なら《地図化》がなくても正しい道で攻略できる。しかし普通の人々は手探りで少しずつ地図を作って行くしかない。

海外の情報だが、魔物に銃器は有効でないとも聞く。つまり自衛隊はレベル1に毛が生えた程度のステータスで、有効でない武器を手にダンジョンに挑んでいるのだ。

「ステータスだけでも上げれば、もう少し攻略も早くなりそうだけど……」

東京ダンジョンで見かけた多くの冒険者たちは予想通り、ステータスポイントもスキルポイントもそのままだった。スキルも冒険に役立ちそうな能力を持っている人は少なかった。

そこで、何か助けになれないかと《地図化》で得た情報を書き出そうとしたのだが……。

「どうしようもないな、これは」

テーブルの上の紙を、悔しさを込めて睨《にら》みつける。紙に鉛筆でグネグネと書かれた幾つもの線は、頭の中にある地図を書き出そうとしたものだ。思い浮かべる地図は非常にクリアで分かりやすいのに、いざ出力すると子供の落書きレベルになってしまう。

――美術は全く駄目だったから……。

子供の頃から絵を描くことが絶望的に下手だった。美術の成績は5段階評価で2、高校の10段階評価でも3~4というレベルだった。木工などはまだマシだが、絵画《かいが》となると途端にダメになる。

便利なギフトも、センスのなさまではカバーしてくれないらしい。潤子は溜息をついて、地図もどきの紙をくしゃくしゃに丸めた。

□

3月8日金曜日20時過ぎ、ダンジョンに潜った潤子ははしゃいでいた。

「ひゃっほーい!」

ダートを投げ、バットを振り回し、魔法を撃ちまくるその瞳は爛々《らんらん》と輝いている。その理由は、

「人参《にんじん》が大量だ!　やったー!」

ということだった。

潤子は野菜の中で人参が一番好きなのだ。

この夜、初めて地下四階に降り、葉を揺らしながら歩く人参を見た瞬間、普段は無表情で起伏《きふく》のない顔が満面の笑みに変わった。五寸《ごすん》人参は《幻惑《げんわく》》と《風魔法》、京人参は《突撃》と《土魔法》を持っていたが、その脅威《きょうい》を見せる前に全て、笑顔の潤子にぶっ飛ばされて行った。

――まずサラダでしょ。それからカレーにポトフ、グラッセにきんぴらにしりしりも作らないと！

調理法は幾つも思い浮かぶ。自然に変な笑い声が出て来る。今の潤子は欲に塗《まみ》れた獣そのものだ。

これほど潤子が浮かれハイテンションなのは人参のせいだけではなかった。実は……。

――ついに当たった――‼

先月末に買ったサッカーくじの当選金が入金されたのだ。それも三十本購入して3等が一本、5等と6等が二本ずつという複数当選。通帳には四万五千円近い金額が記載されていた。20年以上、こうしたくじを購入し続けてきて初めての最下等以外の当選であった。

――やっぱり運が上がると違うなあ！

その効果をはっきりと知った。これまでの鬱憤《うっぷん》を晴らすことができた喜びに満ちている。

今日は金曜日。いつもは翌日の仕事を考えてこの辺りで切り上げるのだが、今日はもっと遅くまで潜ることができる。

「ここは人参しか出ないのかな？」

4時間以上の時間を費やし、隠し部屋も見つけた。黄《イエロー》スライム十五体に五寸人参が三十二体、京人参は八体とかなりの成果が挙がった。地下四階も七割以上攻略できた。

――あと五体で五十体か。今日はその辺でやめよう。

そう思った時、これまでと形状と色の違う魔物が現れた。

「おお！　牛蒡《ごぼう》だ！」

これできんぴらが作れるーと潤子は風の刃を三つ飛ばす。スパッスパッと牛蒡のぶつ切りが地面に落ちる前にキラキラと消えて行った。

「なんだ、これ？」

牛蒡のドロップは当然『魔石』と牛蒡だったが、一緒に落ちたスキルスクロールはこれまでと違っていた。

『スキルスクロール（初級）』

《噛みつき》

《引っ掻《か》き》

《体当たり》

《石つぶて》

「これって動物用のスキルじゃないの？」

そう考えた時、これまで何度も見たスキル一覧の画像が思い浮かんだ。そういえばその中に《従魔《じゅうま》》や《調教》といったものもあった気がする。これはテイマーのように使役《しえき》する魔物や動物がいた場合に使えば効果的なスキルかもしれない。しかし、潤子には不要なものだ。

テイムした魔物と旅をするファンタジーに憧れはあるが、ここ現代の日本で魔物が外を歩いていたら大問題になる。かといって、市販の小動物を鍛えて一緒にダンジョンへ行けるはずもない。

潤子は地面に落ちた光の球をしばらくじっと見て考えていたが、やがて小さく息を吐き、《アイテムボックス》から食品保存用のプラスチックケースを取り出してその中に仕舞い込んだ。

□

3月9日。潤子は東京ダンジョンに来ていた。今日こそ一階の地図を完成させようと意気込《いきご》んで入場口に来た時、むっと顔をしかめたくなるものが目に入った。

それは入場口の横に大きな文字で書かれた警告文《けいこく》だ。この半月ほど、東京ダンジョン内で冒険者が襲われる事件が頻発《ひんぱつ》しているらしい。特に少数の女性グループが多く被害に遭っていると書かれていた。

――どこにでも馬鹿な奴らがいるのね。

ダンジョンの中で電子機器が使えないことをこれ幸いと考え、狼藉《ろうぜき》を働く輩《やから》がいるのだろう。

幸い、潤子には《索敵》や《気配察知》がある。《索敵》は悪意ある人間にも反応するので、まず問題はないだろう。

「さて、今日は一階を完全攻略しちゃおう!」

警備の人間に一人で入ることを多少咎《とが》められたが、気を付けますと言って洞窟に入った。そこからは《気配察知》も設定し《駿足》で一気に走った。

「よし、発見!」

東京ダンジョンの一階には十種類の魔物が出ることが判明している。前回は九種までは見つけられたが、モコモコという毛玉の塊のような魔物だけが見つからなかったのだ。今回は入って30分も経たない内に見つけることができた。

モコモコは、10㎝くらいの黄色みを帯びた羊毛の塊のような魔物だ。愛らしい動きに愛好家も多いが、そこは魔物。油断していると手痛い一撃をくらい、リタイアせざるを得なくなる初心者泣かせの魔物でもあるのだ。

だが、レベル8になった潤子には全く問題ない。ダートを毛玉のど真ん中にぶち当てると、一瞬で光となって散った。後に残るのは『魔石』と羊毛のようにふわふわした毛束だけだった。

「あとは地図を完成させれば一階は終了！」

《駿足》を使い、魔物はスルーしながらマッピングして行く。昼前には地図の外周が埋まった。

「あとは階段の周辺だけだな」

人の多い所では悪目立ちしないよう、普通の速度でマップを埋める。

「……あれ？」

階段前の最後の分かれ道を辿っている時、ふと通り過ぎた場所に違和感を覚えた。

地図は九割五分完成している。あとは階段付近のごくわずかな部分だけだが、ふと、違和感から脳裏《のうり》に浮かぶ地図を再確認してみた。すると目に見える道はあらかた辿ったはずなのに、不自然に埋まらない部分があることに気が付いた。

「もしかして私の気付かない道があったのかも……」

地図が埋まらない原因を調べるべく先ほど違和感を覚えた辺りに戻ってみた。

「これって……道？」

東京ダンジョンの一階の壁はどこも岩がむき出しになっている。そこは、岩の一部が崩れ、人一人が通れそうな隙間が空いている場所だった。

「ああ……これは分かりにくいわ。《地図化》スキルがなかったら気付かなかったね」

わずかな隙間を縫《ぬ》って岩の裏側に入り込むと、その先は通常の広さの道になっていた。隠し部屋ではないが、よほど気を付けないと見つからない、そんな意地の悪さを感じる。そのまま進んで道を曲がると、その先に東京ダンジョンの隠し部屋に中にあったものと同じ宝箱が置いてあった。

「これはゲームならフィールド上の宝箱みたいな物かな」

罠を確認してから宝箱を開ける。中には剣が入っていた。飾り気のないシンプルな作りで、鑑定結果もずばり特性のない『兵士の剣』だった。

「カモフラージュにもなるから今後はこれを腰に下げようか」

冒険者の多くが剣や短剣、あるいは槍や鎌といった武器を装着している。潤子は人の多い所では異様に思われないように武器としてバットを持っているが、常に片手が塞《ふさ》がるので割と面倒なのだ。剣であれば提《さ》げられるし、動きも阻害《そがい》しない。

宝箱といえば、この間見つけた隠し部屋の宝箱はどうなったのだろうか。ゲームなら中身が再出現したりするが……。

ふと気になって隠し部屋へ転移してみたが、宝箱は潤子が獲得した時のままであった。

ゲームのようにはいかないのか、あるいは条件があるのか。とりあえず、検証のために放っておくことにした。

元の場所に戻った潤子は、そのまま地図の残りの場所を全て埋め終えると地下二階へ続く階段を降りて行った。

□

ダンジョンの中ではあらゆる電子機器が使えないので、時間を確認したければアナログの時計が必要になる。あいにく、潤子は持っていなかった。

だが、特に不便だと感じたことはない。《鑑定》を使えば今の時間さえ分かるのだ。

地下二階に降りたのは11時半を少し回った頃だった。先に進む前に昼食にしようと、階段脇の岩に腰掛けてアイテムボックスから弁当を取り出した。この辺りは魔物も出ない安全地帯だ。

「どいてくれ！」

「道を開けろ！　どけどけー！」

食べ終わってお茶を飲んでいた時、遠くからそんな声が聞こえて来た。十数名の男女の集団が中央の洞窟から慌てるように出て来た。ただならぬ雰囲気に、周囲も道を開ける。

濃い血の臭いに、潤子は顔をしかめた。幼い頃から鼻炎《びえん》持ちであまり鼻が利かない彼女にすら分かるような臭いと悲鳴のような声。よほどのことが起きたのだと潤子は直感した。

「ありゃ速大生《そうだいせい》じゃないか？」

「ってことは『疾風《しっぷう》の弾丸』の連中か？」

様子を見ていた聴衆の一部からそんな声が上がる。どうやら割と有名な大学生冒険者グループのようだ。

――うわっ！　酷い……。

リーダー格か、道を開けるよう叫ぶ若者を先頭に、三人の怪我人を囲んだ男女が足早に階段を上って行く。右足を痛めたらしい一人は肩を借りながらも意識を保っているのに対し、血塗れの二人の若者はぐったりとして複数人で運ばれている。内一人は右腕の肘から下を失っていた。

怪我の具合を《鑑定》で見てしまった潤子は、その悲惨さに顔を背けた。右腕を失った青年は瀕死《ひんし》だ。かなり出血が多かったのだろう、顔色は真っ白で意識もない。青年の傍《かたわ》らで、女性が泣きながら必死で声を掛けている。一団は上に続く階段に苦労しながら、怪我人を持ち運んで行った。

「五階のボス部屋でやられたらしい」

「倒せなかったのか？」

「全滅じゃないから倒せはしたんじゃないか？　でも仲間があれじゃ、もう先には行けないだろう」

「やっぱりきついよ。確か五階のボスはCランクだよな？」

「そうそう、ここらのEやFの雑魚《ざこ》とは全然違う次元らしいよ」

遠巻きに見ていた人々が語り合っている内容を潤子はぼんやりと聞いていた。

怪我人を運ぶ学生の集団の周囲には一般の冒険者たちが彼らを守るように付き添っている。血の臭いにつられ魔物が寄って来るからだ。五階からここまで数多くの冒険者が協力して運んで来れたのだろう。実際、彼らが通って来た道では、今も道を譲った冒険者たちが血につられて現れた魔物を狩っている姿を幾つも見ることができた。

——やっぱり駄目だよ、あんなステータスじゃ！

ざっと見ただけだが、学生たちのレベルは一番高い者で11、平均で7～8とまずまずだった。しかしせっかくレベルを上げても、若干体力と魔力が上がっただけで他は皆レベル1のままなのだ。

Cランクの魔物がどんな強さなのか、潤子には分からない。だが少なくともレベル1に毛が生えた集団では歯が立たないことくらい予想できる。

——やっぱり皆にステータスポイントのことを知らせないと。

自衛隊は地下七階まで行っている。数百から千人規模の集団で行動しているという噂がネットで出ていたが、数だけでは限界はあるだろう。怪我人も多いだろうし、死者だって出ているはずだ。

——なんとか、なんとか知らせないと……。でも、どうしたら……。

自分の身元を知らせることなく情報を伝えることはできないか。この日、地下二階の攻略を進めながらずっと頭の中で方法を考えていた。

□

潤子が冒険者ギルドを訪れたのは前回と同じ時間だった。幾人か買取を行っていたが、予想通り空いているカウンターもある。潤子はその内の一つに声を掛けた。

「こんばんは、杉村さん。買取お願いできますか？」

潤子が選んだのは前回と同じ、杉村のカウンターだった。肩を覆うほどの髪に大きな目が印象的な彼女は、提示した冒険者証で潤子のことを思い出したようだ。

「こんばんは、鷹丘様。前回ご注文いただいた商品、届いていますよ」

ありがとうと笑顔で応え席に着く。そしてテーブルの傍らに置かれたチラシを一枚取り、その裏にさらさらと文字を書いて彼女の前に差し出した。

『オークションに出品したい品があります』

その文面に杉村は一瞬はっと驚いた顔をした。潤子の顔をじっと見てから、無言で首肯《しゅこう》する。

「では鷹丘様。ご依頼の商品の受け渡しもありますのでこちらにどうぞ」

杉村はそう言って席を立つ。潤子は少し安堵した。

――ここじゃ出しにくいからね。

カウンターしかない場所では会話も周囲に聞こえ、何を売買するか分かってしまう。高価格になりそうな品を出すには不安だ。潤子は先導する杉村に従い別室に移動した。

「失礼ですが鷹丘様、前回はそんな剣持っていらっしゃらなかったですよね？」

「はい。この剣は今日、ダンジョンの宝箱で見つけたものです」

潤子の答えに杉村は再度驚いた顔をした。

「宝箱って、五階のボスを倒したんですか!?」

「ボスを倒すと宝箱が出るんですか!?」

二人は互いに顔を見合わせ、しばらく無言になった。先に沈黙を破ったのは潤子だった。

「ええと、よく分からないんですが……。これが入った宝箱は一階にありました。ちょっと細い道に入り込んだら普通に置いてあったんです」

「あ、そうなんですか。ボスを倒すと宝箱が出るという話を聞いていたので、てっきりそれかと思ってしまいました」

どうやらそういうことだったらしい。二人して顔を見合わせて苦笑した。

「でも凄いですね。東京ダンジョンが出来て20年近くになりますが一階で宝箱が出るなんて初めて聞きました。その剣、見せていただいてもよろしいですか？」

潤子は頷き、杉村に兵士の剣を渡した。彼女は鞘《さや》から剣を抜くと、隅々《すみずみ》までまじまじと眺めた。

「こういうの見てしまうとファンタジーの世界みたいって思います。日本で発生してるのに日本刀じゃなくて西洋風だなんて、明らかに普通じゃないですよね」

若者らしいざっくばらんな感想に潤子は笑顔で頷く。ダンジョンが何故出現したかも分からなければこんな物が落ちている説明もできない。ただ不思議な世界があそこにあると思うしかない。

「それで、この剣をオークションに出されるのですか？」

「いいえ、それは今後自分で使おうと思います。オークションに出したいのはこちらです」

潤子は首をかしげながら受け取り、鞄から出したのはプラスチック製の小さな食品保存容器だ。杉村は首をかしげながら受け取り、潤子の顔をちらちらと見ながらその蓋を外した。

「こ、これは⁉」

安物の容器の中で光を放つそれを見た瞬間、杉村は思わず立ち上がった。その反動で椅子がバタンと音を立てて倒れる。その音に彼女は慌ててケースを机に置き、椅子を戻して再び腰掛けた。

「ネットで調べたんですけど、それたぶんスキルスクロールっていうものですよね？」

「え、ええ、恐らくは……。私も初めて見たので断定は出来ませんが……。これも今日ダンジョンで見つけたんですか？」

すっかり動揺したようで杉村の顔には焦りと困惑が浮かんでいる。潤子はなるべく穏やかにゆっくりと語った。

「いえ、これは前回来た時にダンジョンの中で拾ったんです。何か分からなかったんで持ち帰ってネットで検索しました。そうしたらアメリカのオークションで凄い高値で売れた物に似てたので、これもそういうオークションに出せないかなと思ったんです」

「あ、はい、分かりました。そういうことですか……」

杉村はまだ落ち着かないのかタブレット操作を何度もやり直ししている。潤子の話を聞きながら落ち着くためか、時おり胸を押さえながら大きく深呼吸していた。

「すみません。少しお待ちいただけますか？」

やがて彼女がそう言って部屋の外に出て数分後、40代後半といった男性と共に再び部屋に戻って来た。

「初めまして、鷹丘様。私はこの冒険者ギルドの店長をしている松島《まつしま》です。本日はダンジョンで発見したスキルスクロールをオークションに出されたいというご用件でよろしいでしょうか？」

松島は45歳、日本ダンジョン協会の部長という立場らしい。自らも冒険者活動を行っているらしく、レベルは15とこれまで見た誰よりも高かった。背はそれほど高くないが、空手をやっていたらしくスキルレベルは4と優れていた。

「スキルスクロールは海外のダンジョンで時々発見されますが、ほとんどオークションに出ることはありません。何故なら見つけた人がスキルを得るために自ら使ってしまうからです。つかぬことをお伺いしますが、鷹丘様はそういうお考えはなかったのですか?」

「ぶっちゃけて言うとお金が欲しいんです。会社を辞めて東京で冒険者活動を行うための資金にしたいと考えています」

「なるほど……」

《空間魔法》のレベルが上がって東京へ転移できるようになったものの、誰かに見られる危険はある。そこで、こちらでマンションを買って拠点《きょてん》にしようと考えた。潤子がここで出したスキルスクロールは先日牛蒡が落とした動物向きの物だ。潤子には必要がなさそうな物なので、それなら売ってマンションの購入資金にしようと思ったのだ。

アメリカのオークションでは一億五千万円以上の値が付いたこともあるらしい。日本でそれは期待できないだろうが、三分の一であってもマンションには手が届く。ついでに会社も辞められれば万々歳《ばんばんざい》だ。

「これまで日本の冒険者ギルドにスキルスクロールが持ち込まれた前例がなく……。確認もありますので、一旦お預かりさせていただいてもよろしいでしょうか? 準備が整い次第、オークション

で取り扱わせていただきますので……」

松島が申し訳なさそうに頭を下げてそう言う。潤子は小さく息を吐いた。滅多にないものであれば仕方ない。潤子としても多少は手間取ることは予想していた。変な騒がれ方もしたくないので、出品は完全に匿名で行うという条件で預かり証に署名した。

「びっくりしました……。私も買取の仕事して5年になりますが、初めて見ましたよ」

スキルスクロール入りのプラスチックケースを両手で抱えた松島が出て行くと、杉村がほぅ、と大きな息を吐いた。まだドキドキしているのか左手はずっと胸を押さえたままだ。潤子にはない素晴らしく立派な胸で感慨深そうにそう言った彼女に、潤子はどう応えていいのかわからず苦笑するだけだった。

その後は『魔石』の買取と先週注文した商品の支払いを行い、重いガラスを入れたカバンをしっかりと抱え自宅に戻って行った。

□

3月10日朝5時、潤子は自宅のダンジョンで人参相手に戦っていた。先週買い出しに行けず、今日行かないとダンジョン産以外の食料がなくなる。最近は少ししか恵みのダンジョンに入っていないので、ダンジョンを安定させるため、なるべく中で活動しようと早起きしたのだ。

あと1時間くらいで地下四階は終わり、という予定通りに潤子は地下五階に降りた。

地下五階で登場したのは玉葱《たまねぎ》軍団だ。黄色玉葱と白色玉葱が集団で飛びかかってくる。黄色は《突撃》と《目潰し》、白色は《異臭》と《酸攻撃》となかなかいやらしい攻撃をして来る。ちなみにスキルスクロールは《演奏》《歌唱《かしょう》》《作曲》というまさかの音楽スキルだった。取るべきか判断できず二つの光の球はアイテムボックスに仕舞われることとなった。

7時半過ぎに自宅に戻った潤子は朝食の準備を始めた。今日は獲れたての玉葱の味噌汁に、もやしとニラの卵炒めを100%の人参ジュースと共にいただく。その後洗濯機を回しながら、掃除をしていると不意に携帯から着信音が響いた。

『朝早くから申し訳ありません。冒険者ギルド東京店の店長、松島です」

掛けて来たのは昨日会った冒険者ギルドの店長だった。スキルスクロールの件で話したいので今日ダンジョンを出る時間を教えてほしいという内容だった。どうやら、静岡から遠征した潤子が昨夜、ホテルに泊まったと思っているらしい。

ということで予定変更。今日も東京へ飛ぶこととなった。簡単に掃除を済ませ、洗濯物を部屋干しして、昨日より少し遅い9時過ぎに東京ダンジョンに入った。

一階の洞窟に入り二つの宝箱があった位置を確認して、そのまま地下二階に転移する。昨日の続きから地図を完成させるべく、人気《ひとけ》のない地下三階への階段から離れた道を駆け回った。

正午少し前に隠し部屋を発見する。ここで出たのは『風切《かざきり》の鞭《むち》』という名のミスリル銀製のレア武器だ。

《風魔法》をまとったその一撃は、攻撃の値の3倍の威力が与えられるという。通常の銀とは違う、ぬるっとした光沢が美しく、それでいてあまり重さを感じない。これならば女性でも扱いやすそうだ。恵みのダンジョンの隠し部屋のアイテムは指輪だが、東京ダンジョンはどうやらレアな武器が出るらしい。

約束の15時までもう少し回ることにした。隠し部屋内で昼食を摂《と》り、再び地下二階の捜索《そうさく》を行う。13時半過ぎには地図の外枠がほぼ完成した。

——あとは人の多い階段への本道周辺だけだ。

人がちらほらと増え始めるエリアに来て潤子は考える。今日はここまでにするか、それとももう少し続けようか。そう悩んでいると、甲高《かんだか》い悲鳴が聞こえた。

——人の声？　それとも魔物の絶叫？

音の方角に《気配察知》を向ける。すると潤子がいる場所から少し離れた壁の向こうに、七つの気配が固まっていた。魔物ではなく人間の集団だと思った瞬間、再び悲鳴が聞こえた。

——今の声、女の子だったよね？

昨日今日とダンジョン入り口で見た不快な張り紙を思い出す。潤子は嫌な胸騒ぎがして、急いで声の方角へ走り出した。

——やっぱり……！

嫌な予感の通り、20代後半から30代前半の四人の男がにやにやと嫌な笑いを浮かべながら若者たちを囲んでいる。頑強《がんきょう》そうな男二人に、大学生らしき若者が踏み付けにされ、壁際に追い込まれた二人の女の子が仲間の名を泣きながら叫んでいた。

男たちが若者グループを追い込んだのは、本道から少し外れた場所だ。道が入り組んでいるため他の冒険者たちには気付かれにくい。だが一方で、潤子のような部外者が近付いても悪事に夢中になった彼らはわからないようだ。まずは青年をいたぶる二人の男をなんとかしようと考えた。

「〃睡眠〃」

にやにやと口元を歪めながら蹴りを入れていた男たちが、突如糸が切れたように意識を失った。地面に倒れ込む音が予想以上に大きく周囲に響いた。

「お、おい、どうした⁉」

驚いたのは女の子二人を壁に追い込んでいたひょろっとした男と、茶髪の軽そうな男だ。地面に倒れたまま動かない仲間に驚き、駆け寄ろうとした時、潤子が飛び出し片方の顎《あご》を蹴り上げ、片方はみぞおちに拳を入れてノックアウトした。

「大丈夫？」

倒れて静かになった四人の男のステータスを見る。二人が睡眠、二人が気絶状態であることを確認すると潤子は行き止まりの壁際に抱き合って震える大学生らしき女の子二人に問いかけた。

「は、はい……」

「大、丈夫、です」

「ごめんね、怖いだろうけど人の多い所に行って迷宮警察《ダンジョンポリス》かダンジョン協会の警備員を呼んで来てくれる？」

二人のステータスが恐慌《きょうこう》中である以外問題ないことを確認し、潤子は笑顔で近付いた。女の子たちの肩をポンポンと軽く叩くと、二人は震えながらも顔を見合わせて頷き、倒れた青年に心配そうに視線を送りながら助けを求めて走り去った。

二人の少女を見送り、潤子は男たちに踏み付けられていた青年に静かに近付いた。

——酷い……。

踏み付けにされただけでなく、その前にかなり殴られもしたようだ。打ち身だけでなく、数箇所の骨折もある。潤子は彼の頭を揺らさないよう慎重に膝の上に載せた。

「ごめんね、痛いだろうけどこれ飲んでくれる？」

わずかに意識のある青年に優しく微笑《ほほえ》み、取り出したの『初級回復薬』を二本、ゆっくりと飲ませた。

「あ、りがとう、ござい、ます……」

青年はとぎれとぎれに礼を言った。顔は血まみれだが、腫《は》れは『初級回復薬』の効果で多少引いたようだ。しかし骨折などの大きな怪我を治すことはできない。『初級回復薬』を何本も飲ませるのは不自然なのでこれで我慢してもらうことにした。

「あい、つら……どうし、て、寝て……？」

「ああ、『眠りの粉』を撒《ま》いたのよ」

「眠、り……？」

「そう、一階にピーチクって小鳥の魔物が出るでしょ？　あれが小さなキノコを落とすの。それを乾燥させて粉にして撒くと魔物を眠らせることができるの。どうやら人間にも効くみたいね」

半分嘘で半分本当だ。今回男たちに使ったのはスキルだったが、雀《すずめ》くらいの大きさの魔物が落とす小さいキノコが相手を眠らせる効果を持っているのは確かだ。何しろ《鑑定》すると『眠《ねむ》り茸《だけ》』と出る。《錬金》スキルで粉にした物を何かに使えるかもと携帯していたのだ。

青年は怪我のダメージか、あるいは安心して緊張の糸が切れたのか潤子の膝の上で眠りこんでしまう。それでも呼吸は幾分か落ち着いていた。怪我を完治させることはできなかったが、ある程度は『初級回復薬』の効果が出たようだ。

そのまましばらく彼の眠りを見守っていたが、やがて複数の人間が近付いてくる気配があった。その内の二人が先ほどの少女たちであることを確認し、潤子は若者の頭を静かに地面に降ろし〝転移〟を唱えてその場を後にした。

□

「遅れて申し訳ない」

約束は冒険者ギルドに15時だった。しかし呼び出した松島が潤子の待つ部屋に現れたのは、それより30分以上後のことだった。

「ここのところ、ダンジョン内で騒ぎを起こしていた連中がようやく捕まりまして。その対応で警察まで出向いていたんです」

「それは大変でしたね。お気になさらないでください」

多少遅れる旨は杉村から聞いていたので先に今日の買取をしていた潤子だったが、その理由を聞いて心の中で申し訳ないと頭を下げた。

——まさか遅刻の原因の半分が私のせいだったとは。

真相は胸に秘めて笑顔で応えるのと同時に、扉が開いて背広姿の男性が入ってきた。

「鷹丘様、ご紹介します。日本ダンジョン協会の副会長、河本《こうもと》です」

「あ、初めまして。鷹丘潤子です」

思いがけない大物の登場に、潤子は戸惑いながら席を立ち、頭を下げた。河本と呼ばれた50代くらいの男性もまた「遅れて申し訳ありません」と丁寧に謝罪してきた。そんなやり取りと挨拶を済ませて席に着くと、まず河本が口を開いた。

「いきなりすみません。昨日、松島からこのスキルスクロールを見せてもらいまして、ぜひお話がしたくなったのです。幾つかお聞きしたいのですがよろしいですか？」

——なんかちょっとやばい感じ……？

大物のいきなりの切り出し方に不安を感じ、潤子はなるべく平静を装いながら頷いた。

「このスキルスクロールは先週ダンジョン内で見つけたということですが、魔物から得たのですか？」

「いえ、ダンジョンの中をうろうろ歩いている時、視界の端できらっと光った気がしたんです。そこでその周辺をよく見たらこれが岩陰《いわかげ》に落ちていました」

「それはどの辺りですか？」

「それをお話ししないといけませんか？」

元々東京で得たスキルスクロールではないので、あまり変な設定を作りたくない。濁《にご》せるところは濁そうと、潤子はあえて、これ以上の追求は拒否するという態度を見せた。

「鷹丘さんは昨日一階で宝箱を見つけたそうですね」

「はい」

「その場所を教えていただくことは……」

「できません。リポップ《復活》するかもしれないので話したくないです」

松島には昨日、いずれ冒険者一本で生活したいと話している。その飯の種になり得る情報をうかうかと話す訳にはいかない。もし何度もリポップするなら、それを売り払えば定期的な収入になる。自分しか知らないという点は大きいのだ。

「そうですよね……」

潤子のきっぱりした答えに、河本は目を伏せ数回小さく瞬《まばた》いた。

「あの……スキルスクロールのオークションは何時頃《いつ》に行われますか？」

「その件ですが、できれば今回は見合わせていただきたいのです」

「ええ⁉」

さすがにその答えに驚き松島の方を見た。昨日は準備ができ次第オークションに出す、と言っていたのだ。

潤子の不満を込めた視線に松島は申し訳なさそうに肩をすくめる。どうやらこういう展開になることは知っていたようだった。

「偽物とおっしゃるのですか？　でしたら引き取らせていただきます。海外オークションという手もありますから……」

日本各地のダンジョンと日本ダンジョン協会の開催するオークションは日本人限定だ。しかし海外では、他国の人間に開放しているダンジョンも数多く存在するし、オークションもまたインターナショナルだ。実際アメリカで出品された三つのスキルスクロールの内の二つは、ヨーロッパで発見された物だった。

「いえ、本物だと考えます。私は実際、アメリカでオークションに出た物をこの目で見ていますから」

「では何故、オークションに出してもらえないのですか？」

そう詰め寄ると河本はずいとその身を乗り出し潤子を見つめる。真剣な面持《おもも》ちできっぱりと次の言葉を言い切った。

「このスキルスクロール、オークションで売り出すのではなく日本ダンジョン協会で買い取らせてほしいのです」

「ええ!?」

思わぬ申し出に、潤子は再び大きく声を上げてしまった。

□

「ああ……今日は疲れた……」

3月11日月曜日の夜、帰宅した潤子は疲れから部屋でだらけていた。といっても肉体的なものではない。仮にあっても超回復があるのだから問題はないに等しい。潤子の疲れは精神的なものだ。

「昨日から怒涛《どとう》の展開だよな……」

そう呟きながら着替えの前にPCを立ち上げ、ネットに繋ぎ、自身の銀行口座の一つを開いた。

「一億円……」

会社の口座では見たことがあるその数字が、自分個人の口座にあることに改めて驚いてしまう。だがこれは詐欺《さぎ》や不当利益ではない。潤子の口座に光る一億円の入金は、日本ダンジョン協会がスキルスクロールに対し支払った代金だ。オークションを行わない代わりに妥当とされる金額で買い取られたのだ。

——まさかお役所がこんな高額をぽんっと支払ってくるとは……。

高価買い取りは喜ばしい。だが潤子は、昨日の段階では本当に支払いがあるのか疑っていた。実際に払ってくれるのは一千万円くらいかなとすら考えていたが、どうやら本気だったらしい。ネット口座開設直後に入金メールが届いた時には別の意味で驚いてしまった。

「それだけダンジョン協会も切実ってことなんだな……」

昨日の話の内容を思い出す。専業冒険者として生きていこうと考える潤子だったが、日本のダンジョン事情は現在あまり良い状況ではないようなのだ。

ダンジョンが現れた時はそれこそ世界の終わりという騒ぎだった。魔物が街に溢れた時などそれこそパニックではすまなかったし、実際多くの被害が出た。

それでもダンジョンは存在し、中には魔物が蠢いている事実は変えられない。

多くの人がダンジョンのない土地に逃げた一方で、これ以上のダンジョンによる被害を防止し、平静《へいせい》に保つための手段が講じられた。その一環がダンジョンの一般人への開放である。

ダンジョンダイエットブームやドロップ品の産業利用など、とにかく冒険者たちの熱意を煽《あお》ったのだ。

「でもステータスは上がらない。魔法もない。犠牲《ぎせい》は多いけど収入はそれほど増えない……。それじゃ冒険者だけで生活するのは難しいよね」

エクササイズのために冒険者登録をする人は増えている。その一方、ここ3年ダンジョンで産出される『魔石』などの素材は減少しているのだと松島が言っていた。

エネルギーへの転用目的で『魔石』を欲しがる企業は多いが、それを採取する冒険者は逆に減っている。だからといって『魔石』の買取価格を上げればいいという話でもない。若者が夢を見られるような希望ある職業として、改めて認知させなければいけない。それが河本の意見だった。

そして一番分かりやすい例として示せるのが、潤子が持ち込んだスキルスクロールだった。

「確かにダンジョンには夢がある、そういう分かりやすい例にはなるな……」

スキルスクロールと宝箱の存在は近日中に協会が公表するのだそうだ。冒険者に活力を与えることを期待して……。

「ま、私にはどうでもいいけど……」

画面を消して溜息をついた。疲れたのは協会の思惑に対してではない。勤める会社に対してだ。

「面倒だな……」

今日、潤子は辞表を提出した。最近ではそんな素振《そぶ》りが全くなかったことから非常に驚かれ、理由を問われた。表向きは家族を亡くし、一人で東京へ移住するためだと説明したのだが、予想通り長い小言を貰った。

代わりがいないとも言われたが、配慮していてはいつまで経っても辞めることなどできない。

結局、人手不足を理由に簡単には受け取って貰えなかった。

「でも辞めるけど……」

元々老後に備えた貯蓄《ちょちく》もある。ダンジョンで数々のスキルも得た。さらに一億円という大金まで手に入ったのだ。仕事を続ける理由がない。

「今日は疲れたから、ダンジョンは少しだけにしよう」

嫌な気分を変えるべく今日の活動をしようと潤子は着替えのため部屋に向かった。

□

「おお、新しいスライムだ!」

3月12日の朝。恵みのダンジョン地下五階で、初めて見るスライムに出会った。色は白、大きさはこれまで見たスライムの3倍近くというかなり大きな個体だった。

名前：白《ホワイト》スライム　ランク：D　レベル：10
体力：150　魔力：50
攻撃：63　防御：25　敏捷：55
器用：22　運：50
スキル
『光魔法Lv．3』『火魔法Lv．3』『酸攻撃Lv．3』

「光と火、二種の魔法なんて凄いじゃん！」

潤子は初めてのDランクスライムの登場に笑みを浮かべながら『漆黒のダート』を投げ付けた。

レア武器の威力はDランクでも相手にならないらしく、一撃で光の粒にして消し去った。

ドロップしたのは『魔石』と苔とスキルスクロール。これまでのスライムと変わらない。だが落ちた苔の色や形状が少し違う。鑑定してみると《魔苔：魔力回復薬の材料になる》と出た。いずれ《錬金》の素材として使えそうなアイテムだった。

《錬金》のレベルは上がっており、作り方も分かるのだが、どの魔物からどんな素材が落ちるかが分からないため実際に作れた物はそれほどない。だが、いつか『魔力回復薬』は作ろうと思った。

「あとはスキルスクロール」

ここ最近ドロップしたスキルスクロールは、あまり冒険に向かないものだった。しかしスライムは最初から魔法のスキルスクロールを出した魔物だ。魔物のランクも上がっているし、期待できそうな予感はあった。

『スキルスクロール（中級）』

《光魔法》

《闇魔法》

「よし、中級！　しかも《光魔法》と《闇魔法》！」

どうやらスキルポイントが5ポイント必要なものが中級らしい。随分前から取ろうか悩んでいた魔法だったので、スキルスクロールが出てありがたかった。

見た目も性格も地味な潤子は闇を選ぶべきかもしれない。だが、マイナス思考になりがちな自分が《闇魔法》を持ったらその力に引きずられそうな気がしたので《光魔法》を選択した。

「《無属性魔法》を入れれば6種。もうすっかり魔法少女だね！」

新しい力を得る楽しさでふと、協会に渡したスキルスクロールを思い出した。

――あれ単なる《石つぶて》なんだよね……。

魔物のスキルはそのままではオークションで獲得した人が使えないかもと不安になり、人間でも使える《石つぶて》を潤子が選択しておいた。それに一億とは高すぎだと思うが結果的に誰の手にも渡らないことになったのはある意味で良かったのかもしれない。

「そういえば東京ダンジョンの地下五階ってボスがいるって言ってたなぁ……」

冒険者ギルドに勤める杉村の情報だ、たぶん間違いはない。そうなると恵みのダンジョンにも地下五階にボスがいるかもしれない。

「まだ隠し部屋も見つけてないし、攻略はもう少し掛かりそう」

日曜日に地下五階に突入したが、直後に予定外に東京に行くことになり結局攻略できなかった。まだ1／4も攻略が進んでいない。広さも5㎞四方以上になっているからなかなか大変だ。

玉葱軍団をミスリル製の鞭で払いながら、潤子は朝の攻略を終え、仕事に向かう準備をしに自宅に戻って行った。

□

地下五階の攻略はそれまで以上に時間が掛かった。

理由の一つはその広さだ。階を降りるごとに1.5倍ずつ広がるエリアは地下五階になると5㎞四方以上となっていた。風景も洞窟になり、先が見通せない。

隠し部屋探しも難航《なんこう》した。うっかり見逃してしまうような場所に入り口があるからだ。苦労の末に『幸運の指輪（小）』を獲得した。これでステータスの五項目全てに＋10が付くことになった。

地下五階に手間取った最大の原因は登場する魔物だ。白スライム以外では玉葱系と生姜《しょうが》系（Dランクの魔物だ）が現れたのだが、生姜は大量の仲間を呼び寄せる《招集《しょうしゅう》》スキル持ちだった。このせいで大群を相手にしなければならない時があり、時間を食ったのだ。

ただ悪いことばかりではない。これまで苦にしてこなかった戦い方を、Dランクの魔物相手に見直す必要に迫られ、より戦闘経験を積むことができたためだ。ついでに、レベルも2上がった。

そして3月15日の夜、漸く階段へ辿り着いた。しかし……。

「やっぱ五階はボスがいるんだ……」

潤子の目の前には大きな両開きの石造りの扉があった。明らかに現実離れした光景に潤子は改めてここがダンジョンであると実感した。

「一〜二階がFランク、三階からEランクが登場してこの五階にはDが出た。ということは……ボスはきっとC以上だよね？」

ボスは大きな壁だ。これまでと同レベルなどあり得ない。

日本国内のダンジョンで地下五階が攻略できたのは東京と高知の二ヶ所。どちらも自衛隊が非常に苦戦したらしい。訓練を受けた者が数十人がかりでそれだというし、このダンジョンが幾ら小さいとはいえ、簡単に勝てるかもなどと考えてはいけない。

FやEランクは一撃だが、Dランクともなればそうならないことも多々あった。

となればCランク、ましてボスなど強くないはずがない。四桁の体力があったり、取り巻きの雑魚だっているはずだ。

今日は金曜日だけど明日は仕事だからな……。

退職願を出したとはいえ、まだ雇用契約は有効だ。

「……今日は四階で人参狩りにしよう」

玉葱も生姜もここ数日の大収穫で1年分以上の在庫ができている。今日のところは野菜集めに費やそうと、潤子は扉の前からそそくさと去った。

□

3月16日19時。潤子は大扉の前に立っていた。ボスに挑戦するためだ。

「よし、行くか」

潤子は腰のベルトに差した『漆黒のダート』と、背中側に掛けた『風切の鞭』を確認して気合を入れ、石造りの扉を押した。

ゴゴゴ……。

重そうな音と共に扉が開く。室内は石のタイルが敷き詰められた床が広がっていた。太い円柱が四隅に立つ、ヨーロッパの神殿を思わせる、どこか荘厳《そうごん》な雰囲気の空間だった。

「本当にゲームの世界だ……」

背後の洞窟とは全く違う風景を眺めていると、奥の方から強い気配を感じた。

「出た！」

姿勢を低くし、突然来るかもしれない衝撃にも耐えられるように身を固めた。

名前：お化け大蒜《にんにく》　ランク：C　レベル：30

体力：３０００　魔力：１０００
攻撃：３５０　防御：２５０　敏捷：30
器用：１２５　運：１００
スキル
『土魔法Ｌｖ．５』『打撃Ｌｖ．５』『圧迫Ｌｖ．５』『招集Ｌｖ．５』

名前：大蒜　ランク：Ｄ　レベル：15
体力：２００　魔力：50
攻撃：１２０　防御：80　敏捷：１００
器用：65　運：50
スキル
『土魔法Ｌｖ．３』『招集Ｌｖ．３』『体当たりＬｖ．３』

現れたボスは３ｍ級の大きな大蒜だった。そして子分らしい小さい大蒜が二体ずつ、両側に付き従っていた。
ボスの《招集》は低ランクの同一種を呼ぶらしい。体力３０００の大ボスが幾つも現れる事態は避けられそうで少しだけほっとした。しかし普通の大蒜でも《招集レベル》が3とまずまず高いため、スキルを使わせるのはまずい。潤子は先手必勝とばかりに魔法を放った。

「〝炎爆《フレイムボム》〟！」

右手の先から50㎝ほどの炎の玉が無数に飛び出し、あちこちで小爆発を起こした。

『ギョェー!!』

3mもの大きさのある大大蒜は炎の玉の格好の的だ。その両側にいる小大蒜たちにも数発命中し激しい叫び声を上げ光に消えた。

――それでも600くらいしか減らないか！

《炎爆》は一発で魔力を10消費する中級魔法だ。それを連続して使ったがそこまで大きなダメージにはならない。潤子はボスのスキル《圧迫》が危険だと感じたため、あまり近付きすぎないよう遠距離攻撃主体の戦法を取った。

「げっ！　10匹も増えた!?」

潤子の攻撃を食らいながらもボスは手を打っていたようだ。炎が消え、辺り一帯に焦げた跡が残るのみになった時、新たに大量の小大蒜が現れた。

「チビは無視！　ボスだけ狙う！」

背中の鞭を取り出しボスに向かって振るう。ミスリル銀特有の美しい輝きを揺らめかせながらしなる鞭が風の刃を発生させる。敏捷に欠けるボスはその鋭い刃と鞭の動きに外皮を少しずつはぎ取られていく。

「やばっ！」

ボスにだけ集中していたところ、小大蒜たちに取り囲まれてしまっていた。慌てて体当たりをかわす。

「〝光雨《ライトニングシャワー》〟！」

頭上に撃ち上げた光球が花火のように開き、矢の雨となって小大蒜たちを貫いた。

すかさずボスに向き直り鞭を振るが、有効打にならない。

こちらが魔法を準備する間に、ボスは《招集》を掛けてしまう。

「〝睡眠〟！」

これ以上《招集》させないようボスを眠らせようと試みた。しかし効き目は浅く、せっかく効いたと思っても取り巻きがボスに体当りして起こしてしまう。

それでもかなり削れてきている。鑑定画面を開きっぱなしにして、もはや五十体を超えた小大蒜は無視しながら、ひたすらボスに集中して攻撃を加えた。

「これで終わりだ！　〝炎槍《フレイムランス》〟‼」

ボスの体力が３００を切ったところで今使える最大威力の攻撃魔法を放った。

『ギャアオゥ――――‼』

太い炎の槍がボス大蒜の中央に刺さると断末魔の叫び声が部屋中に響き渡った。それが消えるとボスの巨大な体が光に包まれやがて粉となって周囲に霧散して消えた。

「あともう一息！　〝大竜巻《ビッグトルネード》〟！」

四方八方から飛び込んで来る小大蒜たちが、潤子を中心に発生させた竜巻に呑み込まれる。魔物たちは巻き上げられ、勢いよく天井にぶつかって潰れ、光の粒子の雨を降らせ消えて行った。

魔物の気配が消え、部屋が元の雰囲気に戻った。周囲に無数の大蒜が転がる中、潤子は腰を落とした。

「あー、きつかった……」

覚悟はしていたが、初めてこんなにダメージを受けた。こんな時、《超回復》はありがたい。

「とりあえず回収するか」

Dランクの『魔石』と大量の大蒜、それからCランクの『魔石』と通常の3倍以上の大きさの大蒜を収納した。さらに二つの光の球と、宝箱が落ちていた。

「腕輪と……皮の袋……？」

今までより一回り大きい宝箱に期待して開いたが、中にあったのはその二つだけだった。

《鑑定》すると腕輪は『命の腕輪（小）』で体力が＋100になるという品だった。銀製で幾何学《きかがく》模様の装飾が美しく、さらに直径1㎝ほどのスターサファイアが嵌《は》められ、売ってもそれなりの値が付きそうだった。

皮の袋はなんでも収納できる『道具袋《マジックバッグ》（小）』だ。《アイテムボックス》のある潤子には不要だが、ギフトを隠す目的で腰に着けておくことにした。

二つのアイテムを宝箱から取り出した時だった。

《ボスの攻略を確認しました。称号〝『恵みのダンジョン』初ボス攻略者〟とギフト〝環境適応〟を取得しました》

久々に聞いた謎の声だ。上空から落ちる光る球を受け止める。もう何度となく経験したギフトの取得だ。

現在の日本のダンジョンは公式に五つ存在する。その内、北海道が三階まで、九州は四階までしか到達できていないという。理由は火山や厳しい気候など、ダンジョン内の環境にある。

《環境適応》は、そうした人が長居するのに向かない場所で活動できるようになるギフトだった。

「ある程度ここが攻略できたら東京以外に行ってみてもいいかもしれないな」

初のボスに苦戦はしたが、自分一人でも倒せたのだ。仮に同じくらいの強さであれば、まだ攻略されていないダンジョンの地下五階のボスなら倒せて、ギフトまで得られるかもしれない。

こんなことを考えるということは少しだけ心の余裕ができたのかもしれない。変わっていく自分自身が、潤子は少しだけ楽しみになった。

さて、と潤子はステータスを確認し、歓喜の声を上げた。

「おおー！　レベルが3も上がってる！　さすがボス！」

名前：鷹丘潤子　年齢：45歳　レベル：12
体力：460／360＋100　魔力：330／330
攻撃：140＋10　防御：140＋10　敏捷：130＋10
器用：130＋10　運：150＋10
ステータスポイント：1020　スキルポイント：62

「……ポイントがおかしくない？」

レベルが3上がったから体力と魔力が30ずつ、さらに新しい称号で体力と攻撃・防御が10ずつ上がるのは理解できる。でも体力は60、魔力は50上がっているし、振り分けていないステータスとスキルポイントも予想より多い。これは一体どういうことなのだろうか？

考えたところで答えは出ない。少ないよりはマシだと思うことにした。

「スキルスクロールは初級と上級か」

上級はボスのドロップ品だろう。《視覚強化》《嗅覚強化》《味覚強化》の三択だ。ここは視覚を取っておく。《鷹の目》や《千里眼《せんりがん》》を取ろうかと考えていたので、上位スキルの《視覚強化》はありがたい。

「あれ？　何か目が変……」

スキルを取得すると、急に風景がぼやけた。

「もしかして……視力が良くなってる!?」

眼鏡を外して周囲を見回す。裸眼では0.1以下の視力で、色くらいしか判別できなかったが、今ではそれが眼鏡を掛けている時以上にはっきり見えていた。

「やったー!!」

思わず跳びはねて喜ぶ。これでもう、戦闘中に眼鏡を気にしたり、寝起きに眼鏡を捜す必要もなくなった。小学生の頃に低下した視力は、下がる前よりもむしろ向上しているようだった。

「思わぬ幸運だなあ。もう一つはなんだろう？」

初級の方は《柔道》《空手》《合気道》という武道のスキルだ。潤子はそれらを包括した《体術》をすでに取得しているのであまり必要に思えず、とりあえずアイテムボックスに放り込んだ。

次はスキルポイントの振り分けに移ろうとしたのだが……、

「また枠が増えてる！」

なんとスキルの枠が四つに増えていた。どうやら10ポイント必要な枠らしい。新たな枠の大半がグレー表示になっている一方で、5ポイントの枠は全て取得できるようになっていた。

「《嗅覚強化》も取っておこうかな」

幼い頃から酷い鼻炎持ちだった潤子は、あまり匂いを感じたことがなかった。そうした症状の改善も期待してのことだ。

「あとは《忍び足》とかあると気付かれないで魔物に近付けるかも。あ、でも《忍び足》は3ポイントだけど、どうせ取るなら上位スキルの方が有効だよね」

未だに潤子は左右の手の筋力バランスが悪い。いくらステータスが上がっても、運動障害そのものは治らないのだ。なら、有効打が与えられるよう少しでも近付きやすくなる方がいい。

ということで《嗅覚強化》と、全ての行動音を抑えられる《消音》を取った。光の球が落ちて来る。

「うっ!?　何この部屋……!?」

スキルを獲得した途端、異様な感覚が鼻をついた。《嗅覚強化》は早速効果が出たらしい。堪《たま》らなくなって部屋中に《消臭》の魔法を掛けまくった。

そういえば大量の大蒜を潰したり焼いたりしたのだった。大蒜の悪臭など、これまであまり鼻が利かなかった潤子には初めての経験だ。

新たに獲得するのはこの二つだけにして、あとはあまり使用していないスキルのレベルを上げることにした。6ポイント使い、二種類の罠に関わるスキルを上げておく。残りは保留だ。

部屋の奥、ボスが現れた場所には5ｍくらいの光の円があった。円の中に六芒星《ろくぼうせい》と不思議な記号が描かれているそれは、次の階に進むための入り口だろう。

先ほどまでの興奮から心を落ち着け、潤子はゆっくりと円の内側に足を踏み入れた。

「いや～凄い賑《にぎ》わいですよ。もう夜だっていうのに続々と集まってます」

そう言って店内に入って来たのはギルド職員の窪田《くぼた》だ。松島は小さく頷き、目の前のモニターに目を向けた。そこには日本ダンジョン協会のＨＰ《ホームページ》が表示されている。

「二日閉めたせいもあるでしょうけど、朝はそれほどでもなかったですからね。こりゃやっぱり夕方のダンジョン協会の発表が大きかったってことでしょう！」

窪田はダンジョン内の様子も見て回ったようだ。彼自身も表情に興奮が浮かんでいる。

「ようやくステータスが自由に上げられるって、皆、大騒ぎですよ！」

松島はこの祭りのような状態が北海道や九州・四国でも起きていることを確認した。

日本ダンジョン協会からステータスの上昇について発表があって以降、全国のダンジョンにいつもより多くの人が乗り込んで来ていた。

「でもまさか、ステータスアップ用のポイントがあるなんて。今まで知りませんでしたよ」

「ダンジョン出現からもうじき20年になるっていうのに、な」

窪田の明るい声に、松島もつい軽口になった。

今は店長という立場ではあるが、彼自身も冒険者だ。自分のステータス上昇は嬉しいに決まっている。今頃、ダンジョンに入った冒険者も皆その感覚に興奮していることだろう。

もちろん、これまで以上に冒険者たちの管理に気を使わなければならないが、それでも今回のことは停滞していた冒険者界隈を活性化させる、いい起爆剤となったはずだ。

「まだ告知に気付いていない人もいるはずだ。できるだけ周知されるよう、警備スタッフに説明と確認をするよう指示しとけ」

「全部伝えて来ました。ついでにダンジョンの前に派手な張り紙もしましたよ！」

日本ダンジョン協会から木・金曜日にダンジョンを一時封鎖すると連絡が入ったのは、水曜の朝だった。突然の通達に不満もあったが、自分たちも協会の端くれである身としては逆らうことはできない。仕方なく、指示に従い翌日から封鎖を行った。

翌朝、東京ダンジョンの攻略を進めて来た自衛隊の部隊がただならぬ雰囲気のままダンジョンに入り、ギルド職員たちは不安を抱いた。何か問題が発生したのか、と。

しかし、彼らは3時間後、和やかにダンジョンを後にした。同様に攻略を行っている部隊もまた、突入しては数時間後に和やかに去って行った。ダンジョンを管轄《かんかつ》する迷宮警察も同じである。

困惑するギルドに説明があったのは金曜の朝のことだ。

ステータスが変更できる。一堂に会したギルド幹部たちに告げられた情報は、15年も冒険者としてやって来た松島にも信じられないものであった。

「情報は匿名の手紙だったんですよね」

「そう聞いた。協会本部と防衛省に同じ内容で届いたそうだ」

その手紙は当初、ただの悪戯《いたずら》だとして無視された。だが、たまたま訓練でダンジョンに入った部隊の一員が物の試しでやってみたところ、成功したのがきっかけだった。

その一報に、すぐさま動ける人員をダンジョンに送り込み、事実を確認させた。その全てが成功し、情報が正しいものであると判断されたため、防衛省とダンジョン協会が協議の末、攻略部隊のステータスアップ作戦を決行したのであった。

協会員もまたベテラン冒険者揃いであるが、いざという時に一般の冒険者より弱くては対応が困難になる。そこで、協会員のステータスアップも行うべく、金曜日も封鎖されたのであった。

情報は警察庁が所管《しょかん》する迷宮警察にも伝わり、彼らもまたステータスを上昇させた。

以上が、松島が知る事の顛末《てんまつ》である。

「一体誰なんでしょうね。これまで誰も知らなかった情報を教えて来たのは……」

「手紙の消印は大宮《おおみや》だったそうだが、それ以上は何も分からないらしい」

ダンジョン協会のＨＰにはステータスを上げる手順が書かれていた。

1. ダンジョンに入り自分のステータスを表示する。
2. それを見ながら「ステータスポイント」とはっきり声に出して言う。
3. 上げたい項目、続いてその数字に指で触れる。一回触れると1ポイント上げられる。
4. 数字を変化させると確認が出るので、良ければＹＥＳに触れる。

分かってしまえば実に簡単だ。これまで何故誰も知らなかったのか、拍子抜けしてしまうほどに。

協会のHPにはポイントの増加条件についても書かれていた。一度のレベルアップで10ポイント増えるらしいが、これも、今まで誰も知り得なかった情報だ。

「でもよく気付きましたよ、その人。たぶん、長年ダンジョンについて研究したベテラン冒険者でしょうね」

「いや、まだ数年くらいの若い人だと思うよ？」

窪田の声に松島は端的に答える。確証を得ているかのような口調に窪田は怪訝な表情を浮かべた。

「え、どうしてそう思うんですか？」

「2日間の調査の結果、レベルが10までの人間が一度に10ポイント獲得でき、それ以降は計算が変わると判明している。つまり手紙の人物はまだ11に到達できていないんだろう」

「そうなんですか？」

ああ、と頷き、松島は簡潔《かんけつ》に説明した。ポイントは通常、10ポイントずつ増加する。レベル11なら100ポイントだ。ところが、

「さらに上のレベルでは一度に倍のポイントが入る。私は15だから手紙の人物の予想では1050ポイントのはずだが、実際じゃ1650ポイント保有していた。手紙の人物はそこまでレベルが上がっていなくて、この事実を知らなかったのだろうね」

「なるほど……」

手紙にはステータスのことしか書かれていなかったが、有志が試した結果、スキルについても同様にレベルが上がることが分かった。

ただ、スキルについてはよく分からない部分が多い。ポイントを同じだけ振り分けても上がったり上がらなかったりといった具合だ。何より、自分が持っているスキルにしか使えないので、ダンジョン攻略に有効なスキルを持っていない者には微妙な情報であった。

手紙の人物の意図は分からない。ただ、この情報のおかげで多大な犠牲を伴っていたダンジョン攻略は幾分か楽になるだろうし、何より冒険者たちが活気づいている。感謝するしかないだろう。

「それにしてもスキルスクロールだとか宝箱だとか、最近ダンジョンの新しい情報が多いですよね」

「宝箱とスキルスクロールは同一人物だったがな」

「案外手紙もその人だったりして」

笑いながら窪田がこぼした言葉に松島はピクッと反応した。何気ない言葉が引っ掛かる。

「まさかな……」

店長室には東京ダンジョンの入り口を映すモニターが設置されている。もう22時過ぎだというのに、人が途絶える気配がない。皆、興奮を隠せないように見える。

それをぼんやり眺める松島はなんとなくすっきりしない気持ちが湧き上がってくるのを感じていた。

□

――良かった。皆ステータス上げてる。

3月17日、朝。東京ダンジョンに入った潤子は、周囲のステータスを見てほっと安堵した。

――手紙、送って良かった。皆も無謀な挑戦はしなくなるはず。

先週の日曜日、大宮市内のポストに、《鑑定》がなくてもステータスを変更できる方法を書いて投函《とうかん》したのだ。上手く伝わったようで本当に良かったと思う。

洞窟内に入った潤子は空の宝箱を確認して地下二階に飛び、地図を完成させた後、階段を降りて地下三階に辿り着いた。ちなみに地下二階にもフィールド上に宝箱が存在した。中は『兵士の弓』だ。よくしなる中型の弓で、簡単に使えそうだったので試しに引いてみたのだが、筋力バランスの悪い潤子ではあまり上手く扱えなかった。せっかく手に入れたものの、わざわざ使いにくい道具を使用することもない、とアイテムボックスの肥やしとなった。

地下三階はレベル5以上でないと降りられないので、それまでの階に比べぐっと人が少なくなる。マップもさらに広がるため、周囲を気にする必要がほとんどなくなった潤子は《駿足》で駆けながら狩りをしていた。

「やったぁ！　卵ゲット！」

東京ダンジョンは恵みのダンジョンより現れる魔物の種類が多い。一階は十種類、地下二階は十二種類、地下三階は十五種類登場する。今、潤子が倒したのはこの階から登場する魔鶏《まけい》の雌《めす》（Eランク）だ。先に狩った雄《おす》は丸のまま肉になったが、雌はニワトリより2倍くらい大きな卵をドロップした。

「一角兎《ホーンラビット》も肉を落としたし、ここで狩りしてれば肉も買わずに済みそう」

そうなると調味料やお菓子くらいしか買い物の必要がなくなる。食費を大幅に減らせると潤子は喜んだ。大金を得ても根が小市民なので、こういった小さいことの方がより喜びを実感できた。

ステータスがアップしたおかげで《駿足》の移動速度も上がっている。おかげで地図の左側もすぐに埋まり、さらには道中の狩りで肉や卵も大量にゲットできた。ホクホク顔で、潤子は冒険を続けるのであった。

そのまましばらく狩りをしてから13時過ぎに冒険者ギルドに向かうと、

「鷹丘さん、今日は早いですね」

出勤したばかりらしい杉村が笑顔で声を掛けて来た。今日は髪を後ろでまとめてすっきりした印象だ。服も春らしい柔らかな色合いで、季節感がある。いつも変わり映えしない地味な自分とは大違いだな、と潤子は思った。

「実は仕事を辞めることにしたんです。そしたらこの近くに住もうかなって思って……。それで不動産屋を幾つか見に行こうかと」

「そうですか。本格的に専業の冒険者になるんですね。冒険者ギルドとしても期待しています」

この日はFランクの魔石を10個、Eランクを三十五個と、魔鼠《まそ》の毛皮を五枚、もこもこの毛束を三束買取に出し、一万九千三百円を受け取って冒険者ギルドを後にした。

□

地下六階の魔物は芋《いも》軍団だった。

明るい太陽……は見当たらないが、何故か周囲は昼間のように明るい。延々と続く芋畑など一見すると長閑《のどか》な風景が広がるのだが、炎をまとったじゃが芋爆弾やら、石より硬い里芋砲やらがボカボカ飛び交うかなり危険なエリアだった。

当初は《索敵》でも捉えられない神出鬼没の魔物の、何処《どこ》から飛んで来るか分からない攻撃にビビりまくったのだが、非常に良い解決法を思い付いてからはお手軽なエリアとなった。

その解決法とは、《アイテムボックス》を使用する方法だ。100m以内にある視認できた物であればなんでも仕舞えるギフトは、一旦視覚で認識すれば離れていても収納できるのだ。

発射した瞬間に弾を即収納することで無防備になった魔物をサクサクと片付けていく。収納したじゃが芋や里芋はアイテムボックスに入った時点で普通の芋に戻るので、倒して得る以上の数の成果を獲得できるというおまけまであった。

他にも自らの腹を輪切りにして手裏剣のように飛ばす薩摩《さつま》芋や、自らをすり下ろしたとろろで壁のようになって襲い掛かる山の芋など多くの種類の芋が登場した。

食べ続けたネギやもやしにはすっかり飽きてしまったから、こうして様々な野菜が登場するのは願ったり叶ったりであった。

以前は面倒で適当に済ませていた料理も、こうして食材を目にするだけでやる気が湧くようになった。潤子はダンジョンが現れてから、人生にハリができていることを感じていた。

地下六階の隠し部屋で見つけたのは『守りの指輪（中）』だ。効果は防御＋１００で、小と比べて10倍の効果がある。作りも豪華《ごうか》で、なんとなく薬指に嵌めてみたりもした。

残念ながら両方を併用することはできなかったので、小の方は《アイテムボックス》に仕舞われたのだが。

そして芋類が落としたスキルスクロールも、今までと少し様子が違っていた。じゃが芋が《料理》、薩摩芋が《裁縫《さいほう》》、山の芋が《書道》で里芋が《話術》とそれぞれ一つだけ取得できるようだ。

持っているもの以外は身に付けるか少し考えたが、スキル数が多くなりすぎても混乱するので書道だけ取得することにした。

□

地下七階はキャベツやレタス、白菜などの葉物類、地下八階は大豆やそら豆、いんげん豆にえんどう豆……と豆類が出現した。葉物類は葉っぱを飛ばしたり割れて挟み撃ちにして来たりと攻撃の種類が多く、豆類は飛んで来て爆《は》ぜるなど芋類のような危険性があった。

どれもCランクだが、ボスを乗り越えた潤子には苦ではなかった。

不思議なのはスキルスクロールだ。葉物類が《碁《ご》》や《バレエ》、《速読》、豆類は《剣術》、《英会話》、《ピアノ》とそれぞれ全く関連性のないものをドロップした。どうやら野菜の種類と得られるスキルには一貫性はないらしい。新発見だ。

おなじみのスライムも銅《ブロンズ》、銀《シルバー》と階を深くするごとにランクが上がり、そして出て来るスクロールも上級の《補助魔法》に《回復魔法》とグレードアップしていた。《超回復》のある潤子自身には無用だが、この間のように怪我人に会った際、回復薬を飲ませるよりは有用だろうと考えたのだ。

「攻撃も補助も回復もできて、ますます本格的に魔法少女に近付いたかな?」

誰にともなく冗談を言い、心の中で自分にツッコんでおく。

ここまでで幾つか宝箱も見つけ、攻撃力を上げる指輪や毒攻撃を防ぐネックレスが手に入った。

新しい能力の獲得にハイテンションになりつつ、潤子は深夜まで八階の攻略を進めるのであった。

□

Q. 今一番使用している魔法は何ですか? A. 補助魔法です。

と、即答するくらい頻繁に、潤子は補助魔法を使用している。

地下七階で手に入れた補助魔法はステータスを上昇・下降させる効果がある。Lv. 1なら敏捷と器用を10分間、一割変化させる程度だったのだが、レベルが上がるにつれ攻撃や防御にも使えるようになり、さらに効果時間と効果も向上した。

これがゲームであれば戦闘中にしか使えなかったりするのだが、現実はダンジョンに入る前に掛けておき、効果が切れたら掛け直す、というやり方が効果的であった。こうすることで低ランクの魔物なら素手でも倒せるほどに強くなれるのだ。

さて、3月21日、祝日。いつもより遅い時間に東京ダンジョンに入った潤子は、地下三階を攻略していた。

「ダンジョンって何階まであるんだろ」

階が進むにつれて魔物は強くなっていっている。恵みのダンジョン、東京ダンジョン共にそうなので、全てのダンジョンがそういう構成なのだろう。

恵みのダンジョンではBランクの魔物まで確認できている。順当にランクが上がっていくとすれば、Aより上のSやSSランクがあってもおかしくない。今までのランクの上がり方から考えると、Sランクがひしめく階層が地下十五階くらいだとして、広さは……。

――げっ、その階層だと3000㎞四方くらいになるわけ?

1.5倍ずつエリアが広がると仮定すればざっととそのくらいだ。ほとんど国レベルだが、その広さを全て制覇するには一体どのくらいの時間が掛かるのだろうか。

「とりあえず、一歩ずつ進むしかないか」

潤子は高いステータスと数多くのスキル、そして時おり発見するレアな武器のおかげで、一人でも順調に攻略できている。ここ地下三階でも、ミスリル銀製の『地割《じわ》れのメイス』を手に入れることができた。

こうしたレアな武器は上位のランクの魔物にも有効なため、今やCランクが複数体出て来ても余裕で相手取れるほどになっている。

今朝、潤子は嫌な夢を見た。学生時代に爪弾きにされた苦い思い出の追体験だ。憂鬱ではあったが、ダンジョンに潜って戦う内にそんな気持ちもどこかへ霧散した。

「さっさと四階に降りて、今日も不動産を見に行こう！」

目の前に集中することは精神衛生的にも良いのだろう。朝よりは晴れやかな気分で、潤子は東京ダンジョンの地下四階に降り立った。

□

「茄子《なす》、こわぁーっ⁉」

不動産屋を幾つか巡り、時間の余裕があるからと夜に入った恵みのダンジョンの地下九階。最初に出会ったのは10ｍはあろうかというBランクの巨大茄子だった。ボクシンググローブのような実を幾つも付けた枝をぶんぶんと振り回し襲って来るのだが、威力もスピードも他の魔物とは桁違いであった。

《風魔法》《剛腕》《強打》《連続攻撃》という四つのスキルを複合的に利用し、ただ枝を振り回すだけで周囲の畑をぼこぼこに荒らした。

幸いにして、ランクは高くとも地下五階のボスのような特別な強さはなかった。体力も低く仲間も呼ばないため、一対一であれば落ち着いて対処することで問題なく倒せた。

この階層のスライムはBランクの金《ゴールデン》スライムだ。全身が金色に輝く派手な外見と《光魔法》をがんがん撃って来る超攻撃型の魔物で、《百発百中》で命中率を上げた魔法でなんとか対応できた。

戦闘後、金スライムが落としたスクロールを見て潤子は興奮の声を上げた。

「凄ーい！　《飛行魔法》だって！」

上級の《飛行魔法》は、使えば文字通り、使用者を自由自在に飛行させる魔法であった。

浮くだけなら、これまでもできないことはなかったのだが、ゆっくりとしか動けず不便だった。

だが、《飛行魔法》はスムーズな移動も可能である。

しばらく試してから魔法の効果が切れ、潤子は畑の上に降りた。Ｌｖ．１だと10分程度らしい。

「高さはどのくらいまで行けるんだろ？」

ダンジョンの中は高さがよく分からない。ダンジョンの外の方が測るのに適しているだろう。

今日はここまでにしておこう、と潤子は自宅に戻った。本格的な攻略はまた明日以降にする。

地下十階にはおそらくボスがいるはずだ。地下五階のボスは他の魔物よりランクが高かったので、最低でもＡランク、もしくはそれ以上のランクであることが予想される。当然、強さも別格だろう。

攻略を進め、一日でも早く自宅の危険を取り除くべく、潤子は決意を新たにした。

□

「鷹丘さん、ありがとう。凄く美味しかったよ！」

「本当！　あんな良い野菜貰えて、助かっちゃった」

3月22日の昼休み。休憩室に入った潤子はパートの主婦たちから口々に感謝の言葉を受けた。

「いえいえ、食べきれない分を貰っていただけて、こちらこそ助かりました」

順調に攻略を進めて行く内、茄子やトマトなど潤子の苦手な野菜が登場した。特にトマトは、火を通すと全く受け付けなくなってしまう。

中学生の頃、潤子の母がミネストローネにハマった時期があった。家族からの思わぬ好評で調子に乗った母は、なんと一週間、夕食にミネストローネを作り続けたのだ。彼女の中でブームが起きてしまうと、時おりこんな事態を引き起こす。

父も潤子も弟も、基本的に食事にケチは付けないのだが、潤子の体は正直であった。一口食べて吐き出してしまって以来、調理したトマトが大の苦手になってしまったのだ。今ではケチャップくらいしかまともに口にできない。

大量のトマトが集まっても、使いみちがない。そこで、親戚から大量に送られて来たという体で、会社でおすそ分けすることにしたのだ。結果は上々、余り物の処理と潤子の評価の向上が両得できてしまった。

――もっと早くにこうしておけば良かったな。

なおも嬉しそうな主婦たちを見て、潤子はしみじみダンジョンのありがたみを噛み締めていた。

□

その日の深夜、ようやく地下九階を攻略し終えた潤子は、ボス戦に向けてステータスの強化を行っていた。

するとスキルの枠が増えていることに気が付いた。やはり、まだ上のランクがあるらしい。

「今度は50ポイントか。なかなかハードだなあ」

スキルポイントはステータスポイントのように多く貰えることはない。階層ごとのボーナスもあるが、それも一度きりだ。これまで何かを予想してポイントは常に余裕を残してきたが、それが正解であったらしい。

新しく解放されたスキルの枠は大半がグレー表示になっている。うっすらとステータスが3倍になりそうなスキルも見えるが、これもまだ上がありそうに思える。

とりあえず今回は、完全に姿を消せる上に物理・魔法の防御力を3倍にするスキル《隠形《いんけい》》を取得した。

現時点でのステータスはこんな感じだ。

名前：鷹丘潤子　年齢：45歳　レベル：20
体力：2380／2400＋100　魔力：2125／2360
攻撃：500＋100　防御：500＋100　敏捷：500＋100
器用：500＋100　運：1000＋10
エクストラスキル
『＊隠形』

スキルポイント：141

「へぇ、50ポイントの枠はエクストラスキルっていうんだ」

エクストラスキルはレベルなしのスキルらしい。ステータスにもこれまでとは別枠に記載された。

「いよいよ十階か。またボス戦だな」

地下十階が攻略されたという話は日本はおろか世界全体でも例を見ない。どれほどの強さの魔物が現れるのかも分からない。この勢いのまま、果たしてボス戦に突入してもいいものだろうか。

急に不安になってきた。恵みのダンジョンの存在を知っているのは潤子だけ。だから、ボスに敗北し命を落とせば、誰も認識しないままスタンピードが起きてしまう。そろそろ誰かに知らせるべきなのかもしれない。そう例えば、滅多に顔を合わせない弟など……。

「今日は考えるのはよそう」

こんな時に浮かぶ考えなどろくなものではない。潤子は頭を振って後ろ向きな考えを追い出し、一階へ向け転移した。

□

3月23日、朝。《睡眠》スキルで熟睡していた潤子は、すっきりと目を覚ました。

深夜まで攻略していた疲れも残っておらず、潤子は早速今日やるべきことに取り掛かった。

まずは掃除だ。非力だった頃は重労働だった水回りの清掃も、今やスキルで手早く済ませられる。

続いて料理。朝食と携行食を兼ねた大量のメニューを作っては、片っ端から《アイテムボックス》へ収納していく。これもスキルのおかげで苦もなくこなせるのだが、フライパンや容器の不足だけは《料理》スキルではどうにもならない。これらは後で調達する必要があった。

それらが終わると、潤子は車を出して大型スーパーへ向かった。時間は十分にあるので、日用品の買い出しだけでなく興味のある物を見て回ることにした。

スポーツ用品売り場へ立ち寄った時、握力計を見つけた。１００kgまで測れるデジタルの物だ。試しに握ってみると、

「凄い！　右が58kgもある！」

潤子の右手は、運動障害により極端に筋力が弱い。そのため、以前は7kgしか握力がなく、エクササイズで渡された軽い棒ですら取り落としてしまっていたのだ。

素直に喜べたのだが、今度は左で測ってみるとエラー表示が出てしまった。左は１００kgという計測器の限界をゆうに超えているということだ。このバランスの悪さは、レベルによるステータスの上昇では覆せないらしい。

「今だったらプロレスラーにも勝てちゃったりするんじゃない？　なんて」

一瞬『もしかすると今や自分が世界一強いのかも』と錯覚したのだが、すぐにそれが勘違いであると思い直した。

ステータスの上昇方法を広めたのは他でもない潤子だ。すでに自分よりもレベルが高かった人間

は同じくらいの数値まで上げていることだろう。ステータスの数値がイコールで筋力でなければ、基礎の筋力が弱い潤子では同じ数値の相手には力負けしてしまうに決まっている。

《怪力》や《剛力》といったスキルを取得すればその差も覆せるだろうが、安定して生きたいだけで、過度の力は不要だと思った。逆に、日常生活も困難になるかもしれない。

ふと、ステータスの器用の項目を思い出した。今や500を超える器用さの数値は、もしかすると生来の不器用を改善してくれているかもしれない。

思い立ったら即行動。買い物を済ませた潤子は、早速恵みのダンジョンへ向かった。

□

「うーん……左は、使えないことはないって感じ？」

地下十階の攻略を始めると同時に、現れた巨大な胡瓜《きゅうり》相手に左での武器の扱いを試してみた。

勢いよく伸びて辺りを滅茶苦茶に破壊する蔓《つる》をよけながら、左手で握った武器を叩き付けた。

だが、扱うことができない訳ではないものの、やはり右利きの癖は抜けず、攻撃がぎこちないものになってしまう。間合いも取りづらい。

魔物そのものは今の潤子にとっては弱いので苦戦はしなかったが、もし利き手を怪我したりすれば厄介なことになる。そう考えると、今の内に左手での扱いにも慣れておくべきだろう。

剣、槍、鞭と様々な武器を試した結果、器用さの関係ない鈍器……『地割れのメイス』が一番だと分かった。要するに力任せに振るだけだ。器用さも何もない。

地下十階はどうやら瓜《うり》科の野菜がテーマらしく、ゴーヤや冬瓜《とうがん》、マクワに西瓜《すいか》にメロンといった果物系のものまで登場した。

「静岡県民だったらメロンはやっぱり青だよね」

最近は赤系の方がむしろ幅を利かせている気がするが、やはり高級メロンといえば青だろう。

マスクメロンをゲットした時、潤子は思わず満面の笑みを浮かべていた。西瓜も大好物だ。かなりの大玉なので一人で食べきるのは苦労しそうだが《アイテムボックス》があるから問題ない。果物でさらに彩りを増す食卓を想像しながら、潤子はうきうきと狩りを続けた。

そうして探索を続け、途中で『幸運の指輪（中）』を発見したりして、17時を過ぎた頃。地図も1／4ほど完成した。この分なら今日中に半分は踏破《とうは》できるかもしれない。

指輪を着け替えて今後の方策を考えていた時、魔物の気配を察知した。

「おおー、綺麗!!」

そこにはこれまでで一番大きなスライムが鎮座していた。白金《プラチナ》スライムの名の通り、透き通るような輝きを放っている。ランクはAでレベルが10。体力の数値は１０００と、これまでと桁の違う存在である。

さすがにこれは利き手の方がいいだろう。武器を持ち替え、《補助魔法》を掛け直した後、挨拶代わりの上級《火魔法》を放った。だが、大したダメージもなく炎はかき消えてしまう。改めて《鑑定》すると、《魔法耐性Ｌｖ．２》の文字が見えた。

「げ……これは消耗戦かな……」

スライムに物理攻撃は効果的ではない。魔法で攻めるのが有効なのだが、よりにもよって魔法の威力を落としてしまう《魔法耐性》持ちであるので、倒せるまで撃ち込むしかない。

《補助魔法》によるステータスの変化も加えながら、魔法の連射を続けること10分。ようやくスライムは光の粒となり、消えて行った。後には掌より大きな宝石とスクロール、そして木の実が転がっている。宝石はおそらく、白金スライムがドロップした『魔石』だろう。

「綺麗……。これを燃料にするのは勿体ないな」

木の実を手に取り《鑑定》すると《生命の実：体力と状態異常を大幅に回復する　寿命以外の全ての病気を治癒する『上級万能薬』の材料の一つ　味は最悪》というとんでもない代物だった。そのまま口にしても、ある程度の不調に効果があるらしい。ただ『味は最悪』とも記載があるので、加工するまでは食べずに取っておくことにした。

「スキルは《重力魔法》か」

ボス戦を前に強力なスキルが手に入るのは喜ばしいことだ。別次元の強さを持つボスには、選択できる手数の多さが勝敗を決すると言ってもいい。

夜まで攻略を続け、地図は半分埋まった。その過程で呪術を数回無効化するネックレスも手に入れ、今日はここで引くことにした。

今週中にボスを倒してしまいたいが、あまり急ぎすぎるのも良くないだろう。

今後の進行を考えながら、潤子は自宅へと戻った。

□

「レベル22か……」

ゆっくり風呂に入りながら独りごちる。風呂で一日を総括してステータスを眺めるのは、もはや日課と化している。今日はレベルが2上がっていた。

それにしても、地下十階のボスはAランクかもという予想は、白金スライムの出現により危ういものとなってしまった。もしかするとさらに上のランクが登場するかもしれない。

となれば体力をはじめとして、防御面に不安が残る。様々なスキルで強化されてはいるが、それ以上の攻撃を受ければ思わぬ重傷を負う可能性が高い。

ステータス欄をためつすがめつし、数値と格闘しながら、潤子はボス戦への不安を募らせていた。

「やめやめ。今日はゆっくり休もう」

ここ数日、かなり強行軍で攻略を進めてきた。未知のボスに挑むにはあまりに危うい精神状態だ。ボスのことは、ひとまず地図が完成してから考えるのもいい。

ふと、そうだ、と思い立ち、潤子は《アイテムボックス》内で死蔵されているスクロールを取り出した。取得できるスキルは《口笛》だ。戦闘に直接は役立たないが、魔物を呼び出す効果がある。

このスキルがあればレベル上げもスムーズになるはずだ。

手に入れた《口笛》を吹きながら、本日のステータス欄を再確認した。

ステータスとスキルのレベルを上昇させる。最終的に残ったスキルポイントは137になった。今後のためにスキルポイントを多めに残しておく。ステータス3倍よりも強力なエクストラスキルがあるかもしれないからだ。

「よし！　とりあえず今日は、冬瓜の煮込みと味噌汁でも作ろうかな」

好物の冬瓜や、メロンのような高級なデザートも手に入ったし間違いなく食卓が豪華になる。

《口笛》を吹きながら、潤子は風呂場を後にした。

□

ある日の昼休みのことだ。新しく入った事務員、真鍋《まなべ》がこんなことを聞いてきた。

「鷹丘さん、結婚相手ってどんな人なんですか？」

「……はぁ～!?」

思わず間抜けな声が漏れた。

「パートのおばさんたちが言ってました。鷹丘さん、急にお弁当に凝ったりダイエットしたり、結婚が決まったからじゃないかって。会社もそのために辞めるって聞きましたけど……。やっぱりお相手は同年代の方ですか？」

《索敵》が反応しない。彼女に悪気や敵意は全くないようだ。単純に、好奇心ゆえの質問だろう。

潤子が周囲を見回すと、幾人かがあからさまに目を逸らした。潤子の退社はすでに社内中に広

まっている。中途半端な時期だけに、寿退社ではという邪推をされたのだろう。

「私、結婚なんて考えてないよ」

「やだなぁ、隠さなくても。今どき40代で結婚なんて珍しくないし。あ、それとも聞いちゃいけない相手ですか？　ずっと年上のお金持ちとか、逆に学生とか……。もしかして略奪《りゃくだつ》婚だったりして！」

潤子の明確な否定すら打ち消す思い込み。この歳まで結婚経験のない潤子に対する、侮蔑《ぶべつ》も含んでいる気がした。真鍋はまだ30前だが、二人の子供がいる既婚者だ。彼女の中では潤子は、縁に恵まれない哀れな人間なのだろう。

「あのね、そういうの迷惑だからやめて。両親が死んで、住みやすい東京に移ろうと思っただけ」

「じゃあなんでダイエットしたんですか？」

「特にダイエットしたんじゃなくて、冒険者活動してたら勝手に痩せたの」

冒険者活動という言葉は意外だったらしく、一瞬真鍋の目が大きく開いた。しかし次の瞬間に目は細められ、口の端は愉快そうな弧を描いた。

「無理に言い訳しなくても。冒険者の友達がいるけど、魔物なんてそんなにいなくて全然稼げないし、歩くくらいしかできないって言ってましたよ」

そう言って真鍋はあははと無邪気な声を上げた。どうあっても潤子の言葉を曲げたいらしい。これ以上は話しても無駄だ。話を切り上げ、弁当箱を洗うべく席を立った。

「あれでダイエットなんかしてないって無理ありますよね〜」

休み時間終了の10分前に潤子は事務所に戻って来た。部屋に入ろうとした時、真鍋の通りの良い高い声がドアの外まで聞こえて来た。

「きっと毎日必死で汗かいてるんですよ、あれ」

「鷹丘さんって40半ばだろ。もう後がないんだよ」

「東京行って若い男引っ掛けようとしてるのかも。ぷっ、必死すぎて笑える〜」

真鍋はどうしても潤子を男日照りの哀れな中年にしたいらしい。あるいは、自分が幸せであることを他人の不幸で実感したいのだろう。おじさん連中は若い子の機嫌を取ろうと同調するため、さらに会話に拍車が掛かっている。

——今さら、どうでもいいか……。

小さく息を吐き、潤子は事務所の扉を開けた。ガラッという音と共に現れた潤子の姿に、真鍋はぎょっとして顔色を変え、そそくさと机に向かった。

潤子は聞いていなかったふうを装い、席に着いて仕事を始めた。真鍋がモニタに向かいながら横目で潤子の様子を窺っているのを感じるが、潤子はあえて一切の反応をしない。やがて本当に何も聞いていないと確信したのか真鍋の硬直した表情が平常に戻った。

退社は5月20日に決まり、GW《ゴールデンウィーク》の前後に有休も消費する計画を立てている。仕事の引継ぎはなるべく早く済ませたいから、多少の不愉快には目をつぶる。

潤子の登場で、男連中は慌てて事務所を出て行っており、事務室は非常に気まずい空気に包まれている。休憩を終えて戻った他の事務員たちも、重い空気を察して無言のまま業務を再開した。

□

「とりあえず地図は完成」

3月26日、夜。ボス部屋以外の地下十階エリアを全て踏破した。現在レベルは23。三日前から1だけ上がっている。さすがにまだボスの攻略には足りないのではと思わされた。

あまりにトントン拍子で進んで来たため忘れがちになっていたが、これはゲームではなく現実だ。死は完全な終わりで、ゲームのようにリセットしセーブポイントからやり直すことはできない。

高ランクの魔物と対峙《たいじ》するほど、そのことを思い出させられた。

初めは恐怖を感じる間もなかった。ダンジョンの維持で手一杯であったし、偶然手に入れたスキルやアイテムのおかげで苦戦もなく、命の危機を感じることはなかったのだ。

ところが、地下五階のボスと対峙した時、その認識がまずいことを薄々感じさせられた。

どんなスキルがあろうと、コミカルな魔物が相手であろうと、気を抜けば死ぬ。

本当に今更であるが、最初のボスを相手にした時だってもっと考えるべきであったのだ。どこかで侮っていたのだろう、なんの準備もなく突入してしまったことを、潤子は改めて反省した。

もし、あの時失敗して命を落としていれば、誰も存在を知らないダンジョンがスタンピードを起こし、溢れ出した魔物が周囲に甚大な被害をもたらしていただろう。

疎遠《そえん》になっている弟が訪ねて来るのも期待できない。理由なく欠勤したことで会社が連絡を寄越《よこ》すかもしれないが、ここに来るまでにはそれなりに時間が掛かるはずだ。

以前、東京ダンジョンでボスに挑んで失敗した学生の集団を思い出す。腕のない青年は回復薬や《回復魔法》があっても治せなかったに違いない。ああならないために、今できる最大限の準備をするべきだ。

しかし、危なくなったら逃げるべきではあるのだが、ボス戦はそもそも逃げられるのだろうか？

それこそゲームでは逃げられないことだって多い。大怪我で済むならまだしも、最悪の事態を考え、潤子は準備しておくことにした。

――徹《とおる》に、自動でメールでも送れるようにしとこうかな。

徹というのは二つ下の弟だ。実家から車で1時間ほどの場所に、妻と三人の子供と一緒に住んでいる。彼が結婚したことで、潤子は自分が長女としての責任を逃れられた、と思っている。

疎遠になってはいるが、そのことは感謝している。

時間は後で幾らでも調整できるが、あらかじめ文章は準備しておかなければならない。

PCを立ち上げた潤子は、ネットで遺言書《ゆいごんしょ》のテンプレートを検索した。

おそらくダンジョンがあるから家は国に取り上げられるだろう。贈与できるのは金融資産だけだ。

使用している銀行と証券会社の口座の一覧を作り、おおよその金額を書き出す。地道に貯めた貯金や両親の遺産、事故の保険金、預金や株や投資信託……。諸々《もろもろ》を合わせると、先日の一億円と合わせて二億円近い額になった。

「これ全部徹に渡るのもなあ……」

唯一の肉親ではあるが、お金に関しては複雑な思いがある。彼はお金に関して、考えが甘すぎる。

過去、徹夫妻は両親に四千万円の家を建てると主張したのだ。第二子が生まれた後、後々を考えて賃貸ではなく持ち家の方がいいと思ったらしい。それは問題ないのだが、そのために用意できたのがたったの五十万円であった。

仕方なく、頭金として一千万円を鷹丘家が立て替え、残金を二本立てのローンと父から個人的に借りることで賄った。当然、頭金がその程度しか用意できない夫妻が順調に返済などできるはずもなく、おまけに三人目が生まれたものだから妻は働けなくなってしまった。

その負債を被ったのは父だ。銀行に繰り上げ返済をしてやり、月六万を父に納めるだけにした。だが、事故で両親を喪った時、返済金額は1／3にも達していなかったらしいということが判明し、遺産の相続で揉めることになった。

結局、潤子が折れて借金はなかったことにしてやり、晴れて子供三人を養えるだけの遺産を相続した、という訳だ。

今更それを責めるつもりはない。だが、弟の計画性のなさを考えるに、自分の遺産をそのままくれてやるのもなんとなく釈然としなかった。

「大体、あいつ私のメールにすぐ気付くかな？」

潤子が知っているのはPC用のメールアドレスだけだ。大手運送業者に勤める徹は、毎日帰りが遅くなるほどの忙しさもあって、すぐにメールを確認するとも限らない。

となると、ダンジョンに不安が残る。

「仕方ない。面倒掛けちゃうけど、あの子に頼もうかな」

思い浮かべたのは潤子の高校時代からの親友、藤原桜《ふじわらさくら》の顔だった。

彼女であれば、億単位のお金を任せられるほどに信用できる。

書きかけの遺言書は、潤子自身の預貯金と両親の遺産を徹へ、冒険者として稼いだお金は全て桜へ贈与する、と内容を書き換えた。

併せて、桜へ向けたメールも執筆しておく。心なしか実の弟へ向けるものより熱が籠《こ》もった。

準備しながら、ボス戦の予定は土曜日の夜に行うと決めた。メールは月曜のお昼にそれぞれ送信されるよう設定しておく。

これなら、死なない限りはどうにか解除する時間の余裕ができる。

もし、これが送られたら徹たちはどう思うだろうか。腐っても実の姉の死に、少しは思うところがあるかもしれない。一方で、桜はきっと悲しんでくれるだろうという気がした。そしておそらく先にメールに気が付くであろう彼女には、なんの義務もないにも拘らず、後始末により多大な労力を掛けてしまう。だからこのお金は、迷惑料も込みということだ。

複雑な胸中のまま、潤子は遺言書をスキャンし、データをPCのフォルダに保存した。

「一番はこんなもの、使わなくていいってことだよね。勝てばいいんだから」

願わくば誰も、このダンジョンの存在など知らないままの方がいい。

ずっとその状態が続くよう祈りながら、潤子は指定の保管場所へ遺言書を仕舞い込んだ。

□

地図も完成したことで、潤子はひたすらレベル上げに勤しんだ。

スキルとアイテムに頼りきりで、これまでレベル上げを意識せずに進んで来てしまった。改めて、それが幸運すぎたことを実感する。

《口笛》で魔物を呼び寄せて狩る。シンプルかつスムーズに進むと思ったレベル上げだったが、思ったほど成果が挙がらない。

「絶対に魔物が出て来るって訳じゃないのかなあ」

何度か試して感覚を掴み、その推測が正しくないことが分かった。根本の原因はおそらく《口笛》スキルのレベルが低いことにある。

早くレベルを上げたくて地下十階から使用し始めたのだが、Aランクと Bランクの魔物しか出現しない地下十階では、取得したばかりの《口笛》で釣られる魔物が少なかったのだ。

もちろん、スキルであるから使用の度に魔力を消費するため、事実に気付くまで無駄が多かった。

逆に、《口笛》のレベルを上げればいいと気付いてからは早かった。レベルの上昇と共に確率も上がり、Lv．4まで上がると漸く確実に魔物が登場するようになった。

ギフトがあるおかげで高頻度で発動してもすぐに回復できる。その辺りの幸運には素直に感謝していた。

ひたすら魔物を倒し、やがて《口笛》で白金スライムを狙って呼べるようになると、効率もグンと上がり、最終的にはAランクの魔物を一度に三体も呼べるようになった。

相応に危険度も上がるが、地下五階のことを考えるとボスがお供を連れている可能性は高い。そのお供も、高ランクの魔物であるはずだ。非効率的であっても複数を相手にすることで、結果的にボス戦の予行演習にもなった。

そうして数日、魔物を倒し続けていた時だった。

白金スライムの討伐数が二百体を超えた頃だろうか、見慣れないアイテムがドロップしたのだ。

「もしかして、レアドロップってやつ？」

ゲームのような世界観のダンジョンだ。こうした物があってもおかしくはない。

魔物の消えた跡に近付き、アイテムを拾い上げる。豪華なサークレットであった。

材質はスライムと同じ白金だろうか。精細な彫刻に、色とりどりの宝石が嵌め込まれている。見た目から高価な物だと判別できるのだが《鑑定》してみてさらに驚いた。

《白金のサークレット：白金でできた額飾り　頭部へのダメージを半減する　魔法の効果を2倍にする　女性限定装備　レアアイテム》

「やったあ!!」

はしゃぎながら早速身に着けてみる。

「頭部へのダメージが半減っていうのはいいよねぇ」

潤子の装備は相変わらず市販の地味なシャツとレギンス、魔物の皮で作った鎧と脛当てというもので、格好だけならゲームの初心者に見えなくもない。これは今まで防具のドロップがなかったこと、店売りの防具を欲しいと思わなかったことが原因だ。

東京ダンジョンでは剣道用の防具など、頑丈な物を自己流にアレンジしている人をよく見かける。素材を一から加工して作っている人もいない訳ではないが、同時に効果を上げようと思うと、どうしても重く、高価な物になってしまいがちだ。

お金を掛けずに急所を守る、というのは難しい命題である。そのため潤子は、なるべくスキルに頼って防具は後回しにしてきたのだ。

そういう理由で、今回ドロップした防具は役立つと思った。薄く軽いし、視界も阻害しないのに、着けているだけで頭部へのダメージが抑えられる。生存率も上がるだろう。

まるでお姫様のような綺麗なサークレットを着けて浮き立っていた潤子であったが、ふと、自分の格好を顧《かえり》みてショックを受けた。

「に、似合わない……」

繰り返すが、潤子の格好は市販の地味なシャツにレギンス、魔物の皮で作った鎧に脛当てだ。その上、元の顔が化粧もしていない中年のそれであり、サークレットに載った髪もパサパサでツヤがない。

手鏡に写った自分の顔に盛大に打ちのめされた潤子は、しばらくダンジョン内で落ち込んでいた。

□

3月30日。今日は月末だが、土曜日であったため定時に帰ることができた。

潤子の会社は食品製造を請け負っているが、3月は暇な時期で、上司からのなるべく残業をなくせというお達しもあって定時での帰宅と相成った。

帰宅途中に立ち寄ったスーパーの駐車場に停《と》めた車から降りた瞬間、タレが焼ける香ばしい香りがした。

「凄くいい匂い」

見れば、スーパーの入り口に焼き鳥の移動販売車が停まっている。潤子の足は自然、そちらの方へつられていった。

販売車の前に立つと、威勢のいい店主が声を掛けて来た。

店主の前にある網の上には、数本の串に刺さった肉が焼けている。耳に飛び込むじゅうじゅうという音が心地好い。肉の表面に塗られたタレは、美しい照りを返していた。周囲の空気までが舌に美味しさを訴えかけて来る。潤子はたまらず唾を呑み込んだ。

だが、家には大量に鶏肉の在庫がある。わざわざ買って帰る必要はないだろう。

それにしても、こうして匂いが分かるのは幸せなことだ、と改めて思った。

子供の頃から酷い鼻炎持ちだった潤子は、ダンジョンで《嗅覚強化》を得たあの日まで、実は匂いというものがどんなものかハッキリと分からなかった。

近くの家から流れて来ているというカレーの匂いも、道端に咲き誇った花の匂いも、もちろん悪臭も感覚として分からず、それらは全て、知識として潤子の中にあるだけであった。

子供の頃、定期的に通っていた耳鼻科で『手術を受けない限り改善しない』と宣告されてから、他人が当たり前のように持っている五感の欠けた、不満足な世界で生きてきたのだ。

悪化させないために投与される薬も、親に掛ける負担も、診察を受ける心理的な恐怖も、全てが無駄だと思えてしまった。

それからずっと匂いを意識したことなどなかったのだが、ダンジョンがそうした絶望を晴らしてくれたのだ。

最初に《視覚強化》を取得した時、視力が向上するだけでなく、左右の極端なバランスの悪さすら改善されたことから、もしかして、と思い取得した《嗅覚強化》であったが、その目論見《もくろみ》は大成功であった。そしてこう確信したのだ。

ダンジョンで得られるスキルは、ただ能力を向上させるだけではない。身体的なハンディすら補完できるのだ、と。

そうと分かれば、残りの五感も強化しない手はない。得たポイントを使い《聴覚強化》《味覚強化》《触覚強化》を取得した。

今や潤子は、全身の鋭敏な感覚で世界そのものを感じられる。これこそが満たされているということなのだろう。

気が付けば潤子は、タレと塩の焼き鳥をそれぞれ三十本ずつ買い込んでしまっていた。

店主が急いで不足分を焼いてくれるのを待つ間も、潤子は五感に届く情報を楽しんでいた。

普通なら一人でこんなに食べられるはずはないのだが、つい大人買いをしてしまった。

だが、今日中に地下十階のボスを攻略する予定の潤子はそれでもいいかと思った。ダンジョンはカロリー消費が大幅に上がり、普通に生活するよりもお腹が空きやすい。

だからきっと、ボスを倒して家に帰って来た時、このくらい平らげてしまうことだってあるかもしれない。

もちろん、絶対に勝てる確信がある訳ではない。戻れなかった場合の対策は十分にしてきた。自分がいなくなった後、ダンジョンが誰かに迷惑を掛けるようなことがないように、だ。

だからといって投げ出すようなことはしない。今は安定しているとはいえ、ダンジョンは決して安全なものなどではない。自分がやらなければならないのだ。

焼き上がった大量の焼き鳥のパックを抱え、潤子は決意を胸に歩き出した。

第四章

「よし、レベル30到達ー！」

帰ってからレベル上げを再開し、体感で2時間ほどで目標としていたレベルに到達した。

ステータス欄を開くと、50ポイント必要な枠のスキルが全て開放されており、取得できるようになっていた。

早速、攻略に必要そうなステータス向上系のエクストラスキルを取得する。

名前：鷹丘潤子　年齢：45歳　レベル：30
体力：10000／9900＋100　魔力：3000／3000
攻撃：900＋100　防御：900＋100　敏捷：900＋100
器用：900＋100
運：1140＋100
スキル
『＊火魔法Lv．9』『＊風魔法Lv．8』『＊水魔法Lv．8』『＊土魔法Lv．8』『＊光魔法Lv．9』『＊雷魔法Lv．9』『＊氷魔法Lv．8』『＊無属性魔法Lv．7』『＊空間魔法Lv．9』『＊補助魔法Lv．9』『＊回復魔法Lv．7』『＊重力魔法Lv．6』『＊飛行魔法Lv．6』

『＊魔力操作Ｌｖ．９』『＊魔力付与Ｌｖ．６』『体術Ｌｖ．８』『剣術Ｌｖ．５』『蹴撃術Ｌｖ．８』『棒術Ｌｖ．８』『鞭術Ｌｖ．７』『投擲術Ｌｖ．９』『弓術Ｌｖ．３』『騎馬術Ｌｖ．１』『身体強化Ｌｖ．９』『視覚強化Ｌｖ．７』『嗅覚強化Ｌｖ．６』『聴覚強化Ｌｖ．５』『味覚強化Ｌｖ．４』『触覚強化Ｌｖ．４』『気配遮断Ｌｖ．８』『回避Ｌｖ．８』『打撃Ｌｖ．８』『跳躍Ｌｖ．８』『駿足Ｌｖ．７』『縮地Ｌｖ．６』『消音Ｌｖ．５』『操縦Ｌｖ．３』『＊睡眠Ｌｖ．６』『＊物理攻撃耐性Ｌｖ．５』『＊全魔法攻撃耐性Ｌｖ．５』『＊精神耐性Ｌｖ．８』『＊痛覚耐性Ｌｖ．５』『＊麻痺耐性Ｌｖ．２』『＊呪術耐性Ｌｖ．２』『＊毒耐性Ｌｖ．２』『＊石化耐性Ｌｖ．２』『＊腐食耐性Ｌｖ．２』『＊酸耐性Ｌｖ．２』『索敵Ｌｖ．８』『気配察知Ｌｖ．７』『危険察知Ｌｖ．６』『看破Ｌｖ．３』『解錠Ｌｖ．５』『罠感知Ｌｖ．２』『罠解除Ｌｖ．２』『＊武器製作Ｌｖ．３』『＊防具製作Ｌｖ．４』『＊道具製作Ｌｖ．４』『＊錬金Ｌｖ．５』『＊隠蔽Ｌｖ．９』『暗記Ｌｖ．３』『計算Ｌｖ．４』『料理Ｌｖ．７』『掃除Ｌｖ．５』『裁縫Ｌｖ．２』『書道Ｌｖ．３』『作画Ｌｖ．４』『演技Ｌｖ．２』『＊手加減Ｌｖ．３』『口笛Ｌｖ．８』

エクストラスキル

『＊隠形』『＊物理防御力３倍』『＊魔法防御力３倍』『＊物理攻撃力３倍』『＊魔法攻撃力３倍』

スキルポイント：97

　体力の１００００越えと攻撃・防御双方の上昇スキルの取得という目標はとりあえず達成できた。ステータスもそれぞれ四桁まで上昇させた。それでもボスの能力には劣るかもしれないが、全く立ち向かえないということはないだろう。

「全回復まであと5分くらいか……」

《超回復》で体力と魔力が戻るまで、ボス部屋の前でじっと待つ。

出て来るボスはAランク、それともSランクだろうか。お供はどの程度の魔物がいるだろうか。

いずれにせよ一人でボスに向かうというのは他者から見れば無謀としか言えないだろうが、潤子なりにやれることはやってきたつもりだ。

緊急メールの設定もきちんとした。ダンジョンについてまとめた資料を入れた手紙も置いて来た。

生きるも死ぬも、どちらにせよやるべきことは全てやったのだ。

これから死地に赴くというのに、不思議とそこまでの恐怖は感じなかった。かといって強敵を前にした興奮といったものも起きない。特別に精神統一した訳でもないが、平常心であると言っていい。

これはLv．8まで上がった《精神耐性》のおかげなのか。それとも、自分の人生の終わりがぼんやりと見えて開き直ってしまっているのだろうか？

「それでも」

誰にともなく潤子は呟いた。

重い石の扉は、なんの答えも返さない。

「それでも、ダンジョンなんてなかった方が良かったなんて、思えないんだ」

ダンジョンを見つけた時は絶望した。

ついてない人生を送り続けた自分の、最後の砦とも言えるこの家までなくしてしまうのかと嘆いたものだ。それでもなるべく迷惑を掛けたくなくて、不幸続きの人生に悪あがきの一つでもしてやろうと冒険者登録をしたが、正直それでなんとかなるなんて思っていなかった。

散々だったエクササイズに初期ステータス。上手くいくと思える方がおかしい。

だが、誰も足を踏み入れないダンジョンで、数々の称号やスキルの恩恵を受け、人生がどんどん良い方向に変わっていった。

大きな決断ができるほどの大金に、味の良い食料も手に入り、それを通じた交流だって生まれた。

今だからこそ言える。このダンジョン生活は、自分にとってとても『美味しい』ものであったと。

「ここで終わるか、この先も続くか……」

全てはこのボス戦次第だ。石の扉の前で潤子は一度目を閉じる。

《超回復》によって体力・魔力は完全に回復した。ボス戦への準備は整った。あとはこの扉を開けて、ボスと顔を合わせるだけ。

「命がけで世界を守るなんて大げさなものじゃない。私は、私のためにここにいるんだ」

そう、願うのは世界の平和などではなく、自分自身の平穏と幸福だ。この家と生活を守る。全ては、そのためだけに。

そんな願いを込めて扉を押すと、重々しい音と共にそれは開いた。

□

重い扉の向こうは予想以上に広い空間が広がっていた。

例えるなら、ドーム球場のような広さだ。

ただ、内装はそんな整った物ではない。

円形の空間を取り囲むように、壁沿いに観客席のような物が並んでいる。もちろんそこに座る人影などないが、なんとなくローマのコロッセオのような空気があった。

実際、中央にはリングのような石造りの場所がある。実在のコロッセオと違うのは、そのリングが一辺が50mはあろうかという巨大な物である点であった。

心を落ち着けて入場したものの、強敵との戦いを否《いや》が応でも予感させる堅固な造りの闘技場に、思わず心拍数が上がってしまう。

ざわざわとした気持ちで周囲を窺っていると奥の方から強い魔力が近付いて来るのを感じた。

いよいよボスの登場だ、と潤子は姿勢を低くし、突然の攻撃に備えた。

どんな物騒な外見の魔物が出て来るのかと内心で期待したのだが……、

「っ!?　まさかのハロウィン!!」

高密度の魔力の渦から登場したのは、オレンジ色をした大型の南瓜《かぼちゃ》だった。しかも、ご丁寧にナイフでくり抜いたような顔をしており、目に当たる部分の奥で魔力の黒い炎が揺らめいている。

ボスらしいのだが、外見はどう見てもハロウィンで使われるジャック・オー・ランタンだ。

すかさず《鑑定》を掛けると、なるほど、ボスらしいステータスであった。

名前：お化け南瓜　ランク：S　レベル：10
体力：100000　魔力：20000
攻撃：4000　防御：5000　敏捷：50
器用：800　運：1000
スキル
『闇魔法Lv．7』『火魔法Lv．7』『風魔法Lv．7』『砲撃Lv．7』『強打Lv．7』『頑強Lv．7』『圧迫Lv．7』『呪術Lv．7』
エクストラスキル
『巨大化』

「やっぱりランクはSか」

悪い意味で予想通りだ。しかも体力は10万で、こちらもSならこのくらいいくかもと思っていた予想が当たっていた。

レベルは10だが、ボスが額面通りの強さだとは考えられない。

つるっとしたオレンジの外皮とくり抜かれた顔は一見コミカルだが、5mはある巨躯《きょく》の圧迫感が凄まじい。

そしてドスンと重い音を響かせ、ボスの背後から違う形の魔物たちが現れる。こちらも予想通り。

やはりボスには、同種のお供が付いているらしい。

名前：菊座南瓜《きくざ》　ランク：A　レベル：10
体力：25000　魔力：10000
攻撃：1500　防御：2000　敏捷：500
器用：600　運：800
スキル
『火魔法Lv．5』『土魔法Lv．5』『投擲術Lv．5』『突撃Lv．5』『跳躍Lv．5』

名前：栗《くり》南瓜　ランク：B　レベル：10
体力：8500　魔力：2000
攻撃：800　防御：1000　敏捷：50
器用：300　運：500
スキル
『火魔法Lv．4』『土魔法Lv．4』『体当たりLv．5』『招集Lv．5』

ボスと同じ南瓜型の魔物たちだ。ボスの右側にAランクが三体、左側にBランクが同じく三体現れる。

それぞれが跳ねたり揺れたりと思い思いに動きながら、潤子の様子を窺っている。

「先手必勝！」

まずは相手の能力を下げるべく、立て続けに《補助魔法》を放った。

潤子の動きよりも遅れて飛んでくる南瓜たちの攻撃をかわしながら、お供が全部、何かしらの状態異常に掛かるまでバッドステータスを与える魔法も放つ。

「やばっ！」

《駿足》で素早く移動しながら魔法を掛ける潤子に、お供たちが一斉に体当たりを食らわせて来る。

それも、ただぶつかって来るだけのものからスキルを使って急加速したものまで、様々なスピードを織り交ぜて来るため、避けるタイミングが掴みにくい。

単純な外見の魔物の割に、一個の意思に統率されたかのような動きだった。

「そうだ！」

潤子は《飛行魔法》を使うことを思い付いた。高く飛べば《跳躍》を使える菊座南瓜の攻撃しか届かない。

数の不利がある今は、安全な空中から遠距離攻撃に徹するべきだと判断した。

飛び上がった潤子は地上の魔物たちを見下ろしながら口をぎゅっと引き締め、『風切の鞭』を取り出した。

鞭は振るだけで風の刃を生み出し、離れた場所から攻撃できる。思い切り振るう度に生まれる刃が、容赦なく南瓜たちを切り刻み、塵にする……はずだった。

「え？　嘘っ⁉」

無数の風刃は確かに魔物たちを切り刻んだ。

しかし、ステータスを見ても思ったほどの効果がない。一番ダメージが大きかったもので150、ボスに至ってはわずか5しか体力が減っていなかった。

思い当たるのは、南瓜の外皮の硬さだ。どうやら魔物になったことで、あの皮は物理防御力を上昇させる助けをしているらしい。

地上から飛んで来る攻撃魔法をかわしながら次の方策を考える。

時おり菊座南瓜が目の前に跳び迫り、潤子の肝を冷やした。

あの巨体でこれだけの高さまで跳ぶとは《跳躍》スキル恐るべし、だ。

鞭での攻撃は諦め、潤子は魔法を準備した。

「〝光雨〟!!」

発動した《光魔法》が、上空を見上げて蠢く南瓜たちめがけて降り注いだ。

《闇魔法》を持っていることから《光魔法》が有効かもしれないと思っての攻撃であったが、この選択は正解だったらしい。

光矢に貫かれた南瓜たちは先ほどの風刃による攻撃よりも多くの体力を減らした。

硬い外皮を破ってやれば、もっと有効打を与えられるかもしれない。

ボスは余裕ぶっているのか、攻撃らしいことはまだして来ない。敏捷に弱体化が掛かっているため、動きが鈍いせいもあるのだろう。

——よし、今の内にもう一発！

そう思って《光魔法》を準備した瞬間、潤子の体に強い衝撃が走った。

「うわぁっ⁉」

背後から左脇腹をえぐるような衝撃に、潤子は思わず呻き声を上げげた。全くの予想外のダメージを確認すると、体力が950近く持って行かれていた。

追い討ちを掛けるべく襲い来る炎をかわしながら潤子は《上級回復魔法《エクストラヒール》》を掛けた。これはレベル7で覚えた魔力を50消費し体力を1000回復する優れモノだ。

激しい痛みも魔法で消えた。それに安堵する間もなく、右前方から物凄い勢いで大きな影が接近するのが見えた。

それを見て、先ほどの攻撃の種が分かった。

「なるほど、そういうことか。さすがAランク！」

潤子にダメージを与えるべく跳んで来たのは菊座南瓜の内の一体だ。

奴らは《跳躍》スキルを持っているためこの高さまで跳べるのだが、なんと仲間同士で空中でぶつかり合い、予想だにしない軌道で体当たりを仕掛けて来ていたのであった。

統率が取れているだけではない。ただ向かって来るだけであった低ランクの魔物とは違い、きっちりコンビネーションで獲物を追い詰めるだけの知性がある。

——やっぱり先にAランクを倒さなきゃ駄目か！

空中を移動しながら潤子はAランクを倒す方法を考えた。幸い、ボスはまだ戦闘には参加しようとしていない。栗南瓜たちはリング上を跳ねながら下から潤子を魔法で狙い撃ちし、菊座南瓜の攻撃をサポートしている。

栗南瓜たちの魔法はせいぜい中級なので、そちらのダメージより菊座の突撃の方が破壊力があるが、食らえば全くの無傷という訳にはいかないため、回避行動を取らなければいけない。

だが、言葉もなくコミュニケーションを取っているのか、潤子の逃げた先に狙いすましたように菊座南瓜の突撃が来る。

どちらかをさっさと倒してしまわなければジリ貧だ。

潤子は持っていた武器を仕舞い、両掌を上に向けAランクを倒すための準備を始めた。

蠢く栗南瓜たちはとりあえず無視し、潤子は三体の菊座南瓜に集中する。

またも背後を狙おうとしているらしく、潤子の動きを限定するような攻撃を仕掛けて来る。三体のコンビネーションを、潤子はなるべく壁を背にして避けながら、その時を待った。

栗南瓜たちの撃った《火魔法》を五発かわした直後、待っていたその時が訪れる。

「ここだ！」

両手を勢いよく下げると、それに合わせて100kgを超えていそうな巨大な氷の塊が落ちて来た。《氷魔法》で上空に作っていたのだ。

さらに《重力魔法》で強い圧を掛け、ぶつかって方向を変えようと接近した二体の菊座南瓜に叩き付けてやった。

『ぎゃあぉうー!!』

重い南瓜が跳ね回っても傷が付かないほど強度の高い床にめり込むような衝撃を伴い、二体の菊座は地面に叩き付けられた。

外皮は裂け、黄色い果肉があらわになる。

さらに潤子は氷を溶かし、リング上を水浸しにすると、重なり合った南瓜たちの果肉に『漆黒のダート』を突き刺した。

「食らえっ!!」

『ぐおぉぉぉぉー!!』

突き刺さったダートめがけて白金色の雷が降り注いだ。

やわな果肉がずぶ濡れになった所に、《光魔法》と《雷魔法》を併せた最上級の雷撃が落ちる。

激しいスパークと共に二体は断末魔の叫びを上げ、やがて光の粒になり消えた。

「まずは二体！」

上手くいった喜びから、潤子はパンッと手を打ち鳴らした。

転がったダートを回収しようと地面に降りた時、後方から物凄い爆音と共に空気が焦げつく熱を伴うにおいが、猛スピードで近付いて来た。

「うぉい！」

背後に警戒はしていたため、それはなんとかかわすことができた。

しかし、後方に飛んだ所に栗南瓜たちが一斉に飛び込んで来る。

上空への逃げ場を塞がれたため、その内の一体に体当りして、なんとか退路を拓《ひら》いた。多少体力は減ったが、無事に上空に逃れられた。

ボボンッ!!

空中で体勢を整えた所にまた爆音が聞こえた。先ほど背後から通り過ぎて行った攻撃と同じものだ。

ついに、ボスが参戦して来たのだ。口部の穴から巨大な炎の塊を次々に射出している。どうやらこれが、スキル《砲撃》のようだ。一発で魔力を10も消費するらしいそれを、途切れることなくボンボンと容赦なく撃ち出す。

猛スピードの砲弾でも、上空での回避はそれほど難しくない。ただ、それに混じって四方八方から南瓜たちの《火魔法》による炎弾や《土魔法》による石の矢が飛んで来るのが厄介だ。

それぞれ速度が異なる上、潤子が菊座南瓜の二体を倒している間に《招集》により数が増えたようで、それこそ際限のない攻撃が視界を埋め尽くした。

「ええい、めんどくさい！」

潤子は多少の炎弾や石の矢が当たるのを我慢し、今度は複数の氷柱を作り出す。

それを闘技場いっぱいに増えた栗南瓜たちが密集している場に次々と落として行く。ど真ん中に突き刺さったり、そこまでいかなくても闘技場との間で押しつぶされた所に激しい雷撃を落としていった。

幾つかはそれだけで消えるが、よろよろと態勢を直そうとする者は《重力魔法》を載せた『地割れのメイス』で思いきりぶっ叩いてゆく。

その間もボスの《砲撃》はますます激しくなる。

口からだけでなく、目からも鮮やかな赤や漆黒の炎を撃ち出し始めた。赤い炎は1000度は超えていそうな灼熱《しゃくねつ》の炎。黒い炎は上級の呪いがついた厄介な攻撃だ。それらは栗南瓜殲滅《せんめつ》を目指す潤子の腕や背を掠《かす》め、少しずつダメージを積み重ねていった。

お供は徐々にその数を減らしている。

その一方でボスがその本領を発揮しだした。

おそらく、ボス戦も佳境《かきょう》に入ってきたのだ。まずはお供を排除するべく、潤子は回避と魔法の発動に全力を注ぐのだった。

回避しては魔法を撃ち、撃っては回避を繰り返す。

そうして栗南瓜全てを排除できるまで、体感で40分以上の時間が必要だった。

ボスを無視してまで集中的に攻撃しても、手出しできない位置の個体が《招集》を掛けてしまう。

それでも、着実に数を減らし続け、最終的に三十二体もの栗南瓜を倒すこととなった。

「あと一匹！」

残ったのはもう一体の菊座南瓜だ。

うようよいた栗南瓜の陰に隠れて様子を窺っていたが、数が減って隠れられなくなった頃に、遠距離攻撃を開始しだした。

蠢く栗南瓜の陰からパシパシと大きく硬い物体を飛ばして来る。薄いラグビーボールのような形のそれは軌道が変化しやすく、潤子を惑わせた。

正面に飛んで来たそれを咄嗟にガシッと受け止める。それで漸く、その物体が菊座南瓜の種だということが分かった。

巨大な南瓜は種も巨大らしい。感心している暇などなく、飛んで来た魔法に慌てて上空に逃げた。菊座南瓜の攻撃はただ種を飛ばすだけではない。合間を縫って《跳躍》も使って来る。

仲間がいないため、今度はボスの巨体を利用し反動を付けて来るのだ。だが、もうその攻撃は読めていた。

「ぶっ飛べ、カボチャ！」

再びボスを利用し、飛んで来た菊座南瓜を《重力魔法》を載せた『地割れのメイス』で打ち返す。ぐしゃっと鈍い音を響かせて遠ざかってゆく菊座南瓜を巨大な氷の槍が追い、壁ごと貫いた。昆虫標本のように壁に縫い付けられた菊座南瓜は、物凄い叫び声を上げ光の粉を撒き散らした。

——これは、まずいな……。

お供を全て排除し、漸くボスと本格的に対峙したのだが、潤子の内心に全く余裕はなかった。

ボスと自分との現状の差。その開きの大きさを自覚したからだ。

この部屋に入りすでに1時間以上経っているだろうが、戦闘により元々のステータス以上の差が付いてしまっていた。

名前：お化け南瓜
体力：９６４５２　魔力：１８３２０

あれだけの戦闘の真っ只中にいたにも拘らず、ボスは一割もその体力を減らしていない。対して……。

名前：鷹丘潤子
体力：５６８８　魔力：５８０

《超回復》がありながら、潤子の体力は現在、半分くらいまで落ちている。

それ以上に問題なのは魔力だ。外皮が硬く、物理攻撃が効きづらい南瓜たちに魔法をガンガン使用したため、残り二割を切ってしまっていた。

すぐに体力を回復したくても《回復魔法》で消費したくない。

ボスの体力はまだまだ残っているのだ。少しも無駄にはできない。

かといって《超回復》である程度戻るまでボスを相手にしない訳にはいかない。

ボスは潤子の現状など気にせず、相変わらず口から砲弾、目から《火魔法》と《闇魔法》を放ち続けている。

だが、変化はそれだけではなかった。

――明らかにでかくなってきてるよね、あれ。

お供が残り数体になった辺りから、徐々にボスの体が膨らみ始めたのだ。

おそらくエクストラスキルの《巨大化》だろう。戦隊ものの怪人の奥の手とは違い、一瞬で巨大化はできないようで、時間を掛けてじわじわと大きくなっている。

そのため、上空に浮かんだ潤子との距離が少しずつ狭まり、潤子が移動できるスペースが減ってきていた。

体力は半減しており、魔力も残りわずかの状態。逃げる空間まで失えば、潤子がボスに打ち勝つ可能性などほとんど潰《つい》えてしまう。

その前になんとか大きなダメージを与えたいが、焦って近付きその巨躯から発揮される一撃をまともに食らえば、間違いなく死ぬ。

とりあえず『初級回復薬』を飲んでみるも、一本でせいぜい50回復する程度だ。

飛んで来る弾に一発掠りでもすれば、回復した以上のダメージになってしまうため、動きを止める余裕もない。回復薬の在庫は五十本以上あるが、逃げ回りながら何十本も飲む時間は取れそうになかった。

――どうしよう。どうすればいい……？

玉砕覚悟で残りの魔力を使い、連続の上級魔法を食らわせるか。しかし、Bランクのお供すら今の潤子の魔法では一撃で倒せなかった。

魔力は《超回復》での回復を期待しても、せいぜいあと十五発だ。あのお供以上に頑丈な外皮を持つボスを、たったそれだけで倒せる光景は思い描けなかった。

――せめて内側に攻撃できれば……！

栗南瓜も菊座南瓜も外皮が傷つき、内側の果肉の部分があらわになってからの方がダメージは大きかった。きっとボスも弱点は同じだろう。

なんとか外皮にダメージを与えたいのだが、残りの魔力を全て掛けてもそれができるという自信が持てない。

――体力と魔力を一気に回復できる方法はないのか……！

壁に当たって轟音を立てる火の玉を避けながら、潤子はボスの背後に回り込んでメイスをぶち当てようとする。

しかしボスはやはりボスだ。簡単に背後を取らせてなどくれない。顔を型どった切り込み部分が、潤子が移動する方向に追従して移動するのだ。そのため不意を突こうと近付くと、至近距離で特大の炎弾を食らいそうになる。

「そうだ！」

仕方なくボスの攻撃をかわしつつぎりぎりの距離で鞭を当てていた時、一つの妙案が浮かんだ。

『生命の実』。

白金スライムのドロップ品は《アイテムボックス》の中に大量に貯蔵されている。万能薬の原料になるからと保管していたが、確かそのままでもある程度回復作用があるということだった。

問題はとても不味《まず》いらしいということだが……。

「不味いくらい何？　死んだら元も子もないっての！」

潤子は梅の実くらいの大きさの『生命の実』を取り出すと一口で噛み砕いた。

「ぐわっ⁉」

思わずバランスを崩すほどの凄まじい味。吐き気がこみ上げ「不味い」という言葉すら生易しく感じた。一瞬、意識が飛びそうになる。

真っ先に来たのはまず酸味だ。風味はお酢に近いが、今どきのスーパーで売っているようなまろやかさや旨味は全くない。酸味という概念をそのまま煮詰めたような、暴力的な痛みが突き刺さるほどに強烈な酸味だった。

次に現れるのは不快な苦味と渋味。あく抜きを忘れた食材のえぐ味を100倍以上にパワーアップさせたような、形容しがたい後味が口の中で暴れ回る。それは飲み込んだ後も消えることがなく、口元や喉をかきむしって捨てたい衝動に駆られた。

もしかすると《味覚強化》の弊害かもしれないが、これを何個も食べるのは現実的に不可能だ。

ボスは相変わらず、潤子が悶絶している時でも的確に狙いを定めて来ている。

不味さごときにいつまでも囚われる訳にはいかない。

潤子はアイテムボックスから薄荷《はっか》のキャンディーを取り出し口の中に放り込んだ。口内に広がる爽やかさと甘さが、ほんのわずか、気分的なものではあるが不快な後味を緩和させた。

「うう……と、とりあえず、体力はこれでＯＫ！」

『生命の実』と《超回復》の効果で、潤子の体力値が８８００以上に戻った。

精神的なダメージは凄まじかったが、これでとりあえず一撃死はない。

ついでに頭を突き抜けたな強烈な苦味でもう一つ、手を思い付いた。生きてきた中でおよそ最悪の味が、折れかけていた心を逆に奮起させたのかもしれない。

一方でボスは、すでに当初の2倍以上に膨れ上がり、なおも《巨大化》し続けていた。

潤子は思い付いた策を打つべく、ボスの真上に移動する。一番天井に近い場所でボスを見下ろした。

この位置なら《砲撃》はできないようだ。横回転なら問題はなくとも、真上を向くことができないらしい。

「〝鑑定〟」

ボスが別の攻撃に移らない内に、潤子は自らのステータスを開く。

閃いたのは新たなスキルの活用だ。今の手持ちのスキルで通用しないのなら、新しい対抗手段を編み出せばいい。

こんなこともあろうかと思っていた訳ではないが、スキルポイントを保留にしておいた意味はあったのだ。

「よし、3ポイント枠だ」

欲しいと思っていた能力は、幸運なことに3ポイント枠の中で見つけた。取得後、すぐにスキルポイントを使って限界までスキルレベルを上げる。96ポイントを使って一気にレベル6までレベルアップした。

「もう一つは……これでいい！」

今取得したスキルを上手く使うための能力を探す。本来であればしっかり検討したいところだが時間がない。1ポイント枠で役目を果たせそうなものを選んだ。

「うわっ！」

レベル上げの処理をしている最中、砲弾が潤子を掠めた。《砲撃》が来ないと思っていたのは間違いだったらしい。

真上を向いた南瓜が潤子を見てニタニタと笑っている。

「よくもやったな。〝神の鉄槌《ゴッズ・ハンマー》〟!!」

魔力を50消費する最上級の《光魔法》の一つを叩き付けてやる。

顔のど真ん中に落ちる最上級の魔法攻撃は、さすがによく効いたらしい。体力が1500近く減少し、ボスが絶叫した。

「よし、今だ！」

怯んだボスに対し、潤子は策を実行する。

まずは《水魔法》と《火魔法》の合わせ技で周囲に白い靄《もや》を発生させる。続いて《隠形》スキルを使い、潤子は姿と気配を完全に消し去った。

ボガンッ！

と再び大きな砲撃音が部屋に響く。復帰したボスが攻撃を再開したのだ。しかし、それは全く見当違いの方向で爆発している。

スキルで隠れた潤子はほくそ笑んだ。

――上手くいった！

ボスが攻撃しているのは潤子の幻。二番目に取得したスキルの《幻惑》に翻弄されているのだ。

その隙に潤子は目と鼻の先までボスに近付いた。

――〝魔力吸収〟！

右手を翳し、心で念じる。すると潤子の中に500近くの魔力が湧き上がった。まだ16000以上の魔力があるボスから、魔力を根こそぎ奪い取ってやる。それが、潤子が思い付いた現状を打破するための策だった。

さらに五回〝魔力吸収〟を行い、自身の魔力を完全にすると、あらぬ方向に攻撃するボスに今度は最上級の《雷魔法》を食らわせた。

『ぎゃあぁぁぁぁぁぁぁっ！！！』

靄の中で響き渡るボスの絶叫。

潤子はまた別の方向から、今度は大きな氷柱をぶち当てる。

多くのお供とボスに翻弄されていた潤子がようやく戦いの主導権を握れるようになった。

《幻惑》を何回も重ね掛け、色々な方向から上級魔法を繰り出す。魔力が減ったらボスから《魔力吸収》を繰り返す。そうしている間に潤子の体力は完全に回復し、万全の状態に戻った。

――早く、早くしないと……！

一方的に潤子に有利な展開が続いていた。ボスの体力はついに四割台まで落ち、魔力も残り

2000強となったが、時間が経つにつれ潤子の方が焦り始めていた。

数分前からボスが砲弾を射出しなくなった。きっと、自身の魔力が少なくなったことを自覚したのだろう。

炎弾による幻への攻撃はまだ続いているが、その頻度も格段に落ちている。その代わり活性化したのが巨大化だ。どうやらこれは魔力が必要ないらしく、これまでより速いスピードで膨らんでいった。

既に左右の隙間はない。天井までもあとわずかだ。

気が付けば潤子は、ボスと扉の前のわずかな空間に追い込まれた。《転移》を使えばボスの背後の空間に移動はできるだろうが、移動したところで結末は変わらない。このままではどこに逃げようが、この部屋にいる限りボスの体で押し潰されてしまう。

今のペースで潤子が攻撃しても、倒し切る前にボスが《巨大化》による圧迫を完了するだろう。最上級の魔法攻撃ですらわずかなダメージで済ませてしまう外皮は、潤子の筋力で押し返すことはできないだろう。

残された空間はどんどんなくなっていく。

ナイフで切り取られたような、いかにも作り物めいた顔が『してやったり』とほくそ笑んでいるように見えた。どれほど潤子から魔法を食らっても、依然として自分が優位だと自覚しているのだろう。

それは驕《おご》りだと格好良く言ってやりたいが、状況的にそれは難しい。

絶え間なく攻撃を仕掛けながらも、眼前に見えるボスの笑みは変わらない。表情を歪ませ、潤子は一度背後の壁を振り返った。もはやその距離は2mもない。

完全に追い詰められている。自分とボスの置かれた状況とそれぞれのステータスをもう一度確認し、潤子は一つ大きく息を吐き、自分が打てる最後の手段を実行すべく腹を括《くく》った。

なんとか移動しながらボスに対し攻撃魔法を食らわせる。その中でいま一度、自身に対して《補助魔法》を掛け直す。

背後の壁を《身体強化》で強化された《跳躍》で蹴り、向かった先の壁を再度蹴って別の壁に向かって跳ぶ。それを繰り返し、潤子の体は速度を上げていった。

壁まで残りわずか。ボスはもう炎を出すのもやめていた。

潤子は《跳躍》を繰り返しながら氷柱を放ち、ボスから魔力を吸収し自らの力に変える。ボスの魔力が残り1000以下になったのをステータスで確認すると、スピードに乗せて《巨大化》し続けるボスめがけて突っ込んだ。

「うおぉぉぉぉぉぉぉぉぉぉぉぉぉぉ――――――！！！」

これまでの人生で上げたことなどない咆哮《ほうこう》。死の恐怖も抑えつけ、自身の心を無理やりに奮い立たせる。

潤子が繰り出す最後の手段。それは、自身がボスの体内に突っ込み、中で滅茶苦茶に暴れ回ってやるということであった。

潤子が標的にしたのは左目だ。何か防壁のようなものに弾かれるかもしれないと思っていたのだ

が、なんの障害もなくすんなりと穴に飛び込めた。しかし……、

「うわぁぁぁー!? あぁぁー!!」

入った瞬間、物凄い衝撃が潤子に襲い掛かった。

外から見えた黒い大きな炎は、そのまま《闇魔法》の塊だったらしい。

強烈なそれに揉まれ、全てのステータスアップの《補助魔法》は解除されてしまった。

「あぁぁぁぁー、うあぁー!!」

息ができない。全身を締め上げられるような痛みだ。

ダメージだけではない。猛毒に麻痺、呪い、様々な状態異常が潤子の体を蝕《むしば》む。各種の耐性すら意味をなさないほどに強力すぎるその威力に、潤子はただ声を上げることしかできない。

しかも、効果は物理的なものだけではなかった。


——お前なんて要らないんだよ!

——なんでいるの、あんた? ここにあんたの居場所なんてないよ!


頭の中に、かつて受けた罵声が響く。


——お前のせいで皆うんざりしてんだよ!

——センコーの犬!

——あんたさえいなきゃもっと楽しいのに。

——ほんと邪魔。なんで生きてるの？

——クラスのお荷物！　ゴミ！

——死ね！

——陰険！

——根暗！

——不細工！

——疫病神《やくびょうがみ》！


「…………」

嫌な記憶は、連鎖的に当時感じた痛みも思い出させる。

通常であればこの攻撃の前に屈しているだろうが、潤子は逆に、頭の芯《しん》が冴えてきた。

——これが《闇魔法》の影響なら、解除できるはず。

精神攻撃は続いている。

だが、潤子の精神はそれに囚われず、あくまで冷静な思考ができていた。

所有している耐性スキルの影響が大きいのだろう。完全に無効化はできなかったが、少しでもダメージを軽減するのに役立っているのだ。

潤子は両手で体を抱えながら、ぐっと下腹に力を入れて叫んだ。

「うるさい！」

闇の中に潤子の怒声が響く。

頭の中の声が若干、弱まった。

「あんたたちが私を嫌いなのは勝手だけど、だからって、私が傷ついてやる必要はない!!」

同時に放った魔法は《聖光《ホーリーライト》》。最上級の《光魔法》で、浄化の効果を持つのだ。

白い輝きが《闇魔法》で充満する空間をじわじわと侵食していく。

一度の発動では消し去れなかったので、潤子は五発、同じ魔法を放った。

光が周囲を照らす度に頭の声は小さく聞こえなくなっていく。

ついでに体を蝕んだ毒や麻痺の影響も打ち消され、自由に動けるようになった。

最後に空間全体を覆っていた圧力が消えると、黒い炎は完全に消え《闇魔法》もなくなっていた。

「〝魔力吸収〟！」

上級回復で体力を回復し、肉壁に手を付けた潤子はボスに残された全ての魔力を吸収してやった。

これで完全にボスの魔力は消え去った。

潤子は右手に鞭を持ち、周囲の壁に向かって思い切り打ちこむ。鞭が薄オレンジの果肉を削り風刃が追加で切り刻む。ダメージにボスの体が震え、空間を悲鳴が揺らした。

やはり内側への攻撃はダメージが大きいらしい。潤子は休むことなく鞭を振るい続ける。

だが、幾ら果肉を切り刻んでも、すぐに傷は盛り上がる。それだけではなく徐々に肉壁全体が潤子に近付いてきた。今度は中で押し潰そうということか。

壁の変化を見て、潤子は武器をメイスに替える。それを左に持ち、右手は肉壁に触れて最大級の《光魔法》を放った。

『ぎゃあぉう――――!!』

鞭よりダメージが大きかったらしく地震のように足元が揺れた。ステータスを見ると、一発で3000以上体力を減少させていた。

魔法の通りも内側の方がいいらしい。潤子は満足げに頷き今度は上級の《雷魔法》を放った。

「どっちが先に倒れるか、最後の勝負だよ」

ボスは相変わらず、潤子を捕食するかのように肉で押し潰そうとして来る。潤子がここで息絶えれば、そのままボスの栄養となるのだろう。

迫り来る肉壁の一部に右手を当て、何度も魔法を撃つ。左手はその周囲の壁を少しでも削るためにメイスを振るう。急速にボスの体力が減少していった。

魔力がないボスは潤子に対する直接の攻撃手段がない。時おりその巨体を揺らし、少しでも逃れようともがくだけだ。

だが、周囲の空間はどんどん狭まっていく。既に逃げられないほどに追い詰められたのも事実だ。

「どりゃあ!」

わずかな足場を残すのみとなって潤子は思い切りメイスを振りかぶり足元に突き刺した。そのまぐりぐりと回転させ内部深くに押し込んでいく。

続いてもう一度《補助魔法》と《身体強化》を掛け、さらに《結界》を張って防御を強化。突き刺したメイスを抱えてしゃがみ込み、できるだけ体を小さく固めた。

肉壁が体に届く前に倒せる手段がなく、壁を押し返す力もない潤子は、防御しながら動かなくてもできる方法で攻撃をすることにした。

突き刺したメイス越しにありったけの魔法を撃ち込む。

体の周囲に張った結界に肉壁が触れる。

まだ体に触れていないが、《結界》ごと押し潰そうとするボスに負けじと《結界》を強化した。

ボスの残りの体力はあと12305、上手くいけばあと数発で倒せる。

上級魔法であれば3000程度のダメージが入る。あと数発、撃ち込むことができれば……!

しかし、今の潤子の残り魔力は62。上級魔法は魔力が50必要なのであと一発しか撃てない。

《超回復》による回復を待てば、1分で三発分の魔力を回復させられるが、そんなものを悠長に待っている暇などない。

だが、チャンスに賭けるしかないのだ。潤子は両手でメイスをしっかりと掴み直すと、最後の上級魔法を放った。

「あっ……しまった!」

思わず声を上げた。ボスが思わぬ反撃に出たのだ。

発動の瞬間を狙って大きな揺れを起こされ、魔法の発動が中途半端になってしまった。そのせいで、ダメージは期待の半分強しか与えられなかった。

——落ち着け! あと少しで《超回復》が発動するんだ。《結界》が保てば……!

残った魔力でもう一度《結界》を重ねる。これで潤子の魔力はほぼ空になった。押し潰そうとする圧力がますます強くなり、《結界》を軋《きし》ませていた。

その瞬間、永遠にも思えた回復時間が終わった。魔力の数値が戻ったことを確認した潤子は叫ぶ。

「〝神の鉄槌〟!!」

最上級の《光魔法》をメイス越しに流した。

だが次の瞬間、潤子は足が離れ、頭をぶつけてしまった。

「な、何!?」

戸惑いの声を出した瞬間、激しい衝撃に襲われた。

それが何か理解できないまま、今度は下から衝撃を受けた。

まるで大地震のように襲い来る上下の衝撃に、潤子の体が大きく揺らいだ。

「あっ」

自分の状態を認識した時にはもう遅かった。

急に持ち上がったメイスから右手が外れ、潤子の丸めた体が背後に転がる。

さっきの揺れの直後、周囲を覆った肉壁が少しだけ、空間を広げていたのだ。

おそらく、潤子をその場所へ巻き込むために。

「まずい！」

肉壁にできたポケットに落ちた潤子に、再び肉壁が迫って来た。反転して身を縮めようとした瞬間、わずかに鈍い右足が間に合わず、果肉の中に取り込まれた。

「うわぁぁぁ――――――――――!!」

とうに《結界》は消滅しており、右足を守るものは何もない。

臼でひかれるように肉がゆっくりと押し潰され、激痛が潤子の脳天を貫いた。

なまじじわじわと来る痛みだけに、気絶することもできない。

かろうじて右足以外を動かせるため、激痛に喘《あえ》ぎながらも姿勢を変えて両手を地に付けた。

「右足なんて持って行け！」

潤子は上級《雷魔法》、続いてもう一発、上級《光魔法》を連続して放った。

『ぎゃぁおぅ――――――――!!』

ボスの絶叫が、何故か近く感じる。

そうか、と痛みで引き裂かれた思考の中、潤子は真相に気が付いた。

ボスはただ揺れていたのではない。潤子が体内に入った瞬間、今度は《巨大化》の逆……《縮小化》を行っていたに違いない。大きくなれるなら小さくもなれる、ということか。

体内に入りさえすれば優位に立てると思っていた。あれだけ決意したのに、まだゲームのように簡単にいくかもしれないという甘い期待があったのだ。

後悔しても遅い。

今や右足は感覚を失っているが、時おり激痛を神経越しに伝えて来る。その痛みが、潤子をより絶望へと誘《いざな》う。

痛みに負けた潤子が諦めるのを待っているのかもしれない。

だが、

「負けない……！」

潤子は歯を食いしばって呟いた。

「我慢勝負なら、私は絶対に負けない……！」

耐え続けてきた。あらゆる不幸、いわれのない仕打ちに。

ずっと歯を食いしばって、耐えてきたのだ。

だからこそ、潤子は決して折れなかった。

――まだ一発撃てる……！

迫る肉壁が足だけでなく、胴も潰そうとして来る。

あばらが折れ、内臓が潰れているようだ。

それでも潤子はかろうじて動く手に、それを出現させた。

「《ア……イテム、ボックス》……！」

眼前に『生命の実』が現れる。獣のようにそれに噛みつき、残された力で強引に飲み込む。全身が悲鳴を上げるほどに突き刺さる苦痛の中では、不味さなど気にならなかった。

潤子の目に、再び火が灯《とも》る。

「我慢比べは、私の勝ちだ！　食らえ！　〝神の祝福《ゴッズ・ブレス》〟!!」

それはこの戦いの最中に身に付けていた、最強の《光魔法》。

我慢比べの果て、《超回復》によって戻った魔力を全て注ぎ込んだ。

詠唱に応えて発生した神聖な光が、潤子を中心に放射状に広がる。

まるで超新星爆発のような激しい衝撃が薄オレンジの世界を轟音と共に引き裂いて行った。

□

「うぅぅ…………」

無音の室内に、かすれた声が響いた。目を覚まし、身をよじると、小石が転がって音を立てた。

どうやら意識を飛ばしていたらしい。

ステータスを見ると魔力と体力が少し回復していた。しかし、潰された右足はそのままだ。

わずかに動くだけでも背骨に響くほどの痛みが走る。

《超回復》は体力や魔力を回復させても、すぐに怪我を治してはくれないらしい。

経験に学べたのは良いことだが、できればこんな痛みは経験したくなかった。

「〝上級回復〟……」

痛む足に手を添え、戻した魔力で《上級回復》を三回掛ける。

なんとか右足が元通りに復元され、痛みが引いた。

「本当に、死ぬかと思った……」

リングの上に寝ころんだまま、体を起こすことができない。

魔法で怪我と体力は治せても、精神的な疲れはどうにもならなかった。

ボスのパワー、絶え間なく飛び交う炎の塊、ひたすら突き刺さり続ける強烈な殺意……長時間それらに晒され続けた恐怖が、今になってじわじわと効いてきた。

無理もない。本当に命の危機だったのだ。潤子は震える体を抱きしめ、しばらく石舞台の上でじっとしていた。

漸く体を起こすことができた時には魔力も完全に戻っていた。

潰れた右足の感覚は、一応は元に戻っている。

余裕を取り戻した潤子は、頭の横に転がっていたドロップ品に目を向けた。

「さすがSランクのボス。ドロップ品も大きい……」

ボスの外皮と同じ色の『魔石』は、潤子の手よりもなお大きかった。

拾い上げると重さはそれほどでもないが、中からはかなりの魔力量を感じる。

一説によれば、『魔石』のエネルギー効率は小さい物一つでも相当に高いものであるらしく、これくらい大きければ、上手く使えば大都市の電力すら賄えるほどの力があるかもしれなかった。

ボスのドロップ品である南瓜は、1mくらいある大型の物だった。残念ながら、食べても美味しそうには見えない。これは今年のハロウィンで、飾り付けのランタンの材料にしよう、と《アイテムボックス》に収納した。他の二種類の『魔石』と南瓜も同様に仕舞い込む。

そして残ったのは、大きな宝箱と三つのスキルスクロールだ。起き上がって近付き、その内容を確認した。

「《修復》と《分身》！　どっちも上級かあ」

菊座南瓜と栗南瓜のスキルスクロールは、どちらもなかなか良いスキルだった。

例えば《修復》は任意の物体を元の状態に直すことができる。四万円近い金額で購入した靴は、まだ1ヶ月と経たないのに右足がボロボロになってしまった。

大金は持っているが、根が貧乏性なので簡単に捨てて買い換えられない。

そして《分身》。名称の通り、自身の分身を作り出すスキルだ。

これで一人で戦う不利が解消できるのでは、という期待がある。今回のように大量の魔物に囲まれた時、標的を分身に移せばもっと上手く立ち回れるはずだ。

「そしてボスのは……」

《鑑定》するため近付いた潤子は、がっくりと肩を落とした。

ボスが落としたスキルスクロールは、唯一無二のエクストラスキルだが、はっきり言って使えない。何故ならば……、

「巨大怪獣と戦う訳じゃないんだから……」

ボスが落としたスキルスクロールは、ボスのエクストラスキルの《巨大化》であった。

その能力の恐ろしさは嫌というほど体験したが、自分が使って活かせるとは思えない。これから先、こんな能力が必要になる敵が出現するのかも不明だ。

これはこれまま《アイテムボックス》の肥やしだな、と潤子は取り込むことなく仕舞い込んだ。

「あとは宝箱か」

地下五階と同じく、ボスが落としたそれは通常発見できる物より一回り大きな物だ。

しかし、潤子は過度な期待はしない。

恵みのダンジョンの宝箱は中身に比べて大きすぎるのだ。小さな指輪など、大きな宝箱から探す方が大変だった。

「きっと中身は魔力を上げる腕輪だけなんだろうな……」

これまで恵みのダンジョンで見つけた宝箱は『道具袋』を除いて全てアクセサリーだった。隠し部屋からはステータスを上げる指輪、そして五階のボスからは体力を上げる腕輪が出ている。出ていないのは、魔力を上昇させる物だけだ。

だからきっと、ここでそれが出るに違いないと予想した。

「宝箱があるって喜ばせたいのかもしれないけど、ここまで大きくする意味なんてないよなぁ」

ダンジョンを造った者が聞いていれば『そこまで言わなくても』と思うかもしれない。

本音なのだから仕方ない。はっきり言って、指輪一つであの宝箱は仰々《ぎょうぎょう》しすぎるし過剰梱包《こんぽう》だ。

そんな感動もへったくれもない冷めた思いで開けた宝箱は、潤子の予想を完璧に裏切った。

「えっ？　何これ？」

中には二本の小瓶と腕輪、そして箱があった。

とりあえず腕輪を手に取る。五階のボスが落とした『命の腕輪』と対になるであろう『魔法の腕輪（小）』だ。『命の腕輪』はサファイアが嵌っていたが、こちらはルビーが嵌っている。これは予想通りであった。

次に小瓶を《鑑定》し、その結果に驚きの声を上げてしまった。

薄紫色の液体は、肉体の欠損も含めたあらゆる傷を治す回復薬『完全回復薬《エリクサー》』だ。

「エリクサーって、ほんとにあるんだ!?」

そして橙色《だいだい》の液体はその対。『完全魔力回復薬』であった。

思わず、ごめんなさいと宝箱に頭を下げてしまった。無駄に大きいだけの宝箱と違い、中身がきちんと詰まっている上に、こんなお宝まで入っていたのだ。

『初級回復薬』ですらそれなりの高値が付いている。『完全回復薬』ともなれば、幾らの値が付くか想像もできなかった。

「もしかしてボスで負った怪我を治すためのもの？」

過酷なボス戦で負った、完治不可能な障害。それを治し、この先も冒険が続けられるようにする心遣いをしてくれているのだとすれば、

「ダンジョン造った人って結構良い人なのかも」

と、潤子は先ほどまでの評価を反転させた。

もちろん、こんなものなんて造《ダンジョン》らないでいてくれた方が良かったが、それはそれだ。

「この下は何だろう、箱？　これそのものがお宝なの？」

瓶と腕輪の下に入っているのは、全体が銀色に輝く美しい箱だった。

箱そのものが銀で覆われており、これ自体がお宝と言っても十分に通用するほどの高級感が漂っている。箱の上部も側面も、細かな百合《ゆり》の花が刻まれていた。

「一応開けてみるか」

ひとしきり見惚《みと》れた後、宝箱の隙間に手を入れて留め金を外した。蓋を持ち上げた潤子は、驚きで息を呑んでしまった。

「…………綺麗」

言葉を出せるようになるまでしばらく時間が掛かった。入っていたのは銀のティアラと杖と靴、そして眩《まばゆ》い光沢を放つ美しい白布だ。

「これは、服？」

布に手を触れて、それが魔力を帯びたシルクだと分かった。それもかなり質の良いものだ。箱の中に引っ掛けないよう慎重に取り出し立ち上がって広げてみる。

「ワンピース……？」

いや、ドレスと呼ぶべきだろう。ノースリーブのドレスにセットで長手袋が付いていて、それぞれが銀糸と宝石で飾り付けられていた。鑑定で出た名称は『聖女のドレス（銀）』。

効果は、物理攻撃が一割減、魔法攻撃が三割減、呪術と腐食攻撃が無効になるという防御に適した代物だった。

箱と同じく百合の意匠が象《かたど》られた豪奢《ごうしゃ》なティアラは『聖女の宝冠《ティアラ》』で、防御力が3倍、毒攻撃が無効になる。

銀糸で織り込まれた靴は敏捷が3倍で麻痺が無効であった。

どうやら箱の中身全てが『聖女シリーズ』という特別な装飾品のようだ。

とんでもないお宝だが、それを目にした潤子は意外にも静かであった。

綺麗にドレスを畳み、元の箱に収める。

両手でメガホンを作り、大きな声で吠《ほ》えた。

「こんなコスプレ衣装、着て歩ける訳ないでしょうが――――!!」

全てに非常に優れた効果があることは分かる。もし身に着ければ、守りはかなり安心だろう。

状態異常の多くが無効というのも大きい。

だがしかし、魔物が跋扈《ばっこ》するダンジョンにこんなひらひらしたスカートで入れる訳がない。

ダンジョンは埃と血と汗にまみれた場所だ。そんな所に、お姫様のようなドレス姿など滑稽《こっけい》以外の何者でもない。

「ゲームの衣装って、現実になるとこんなにおかしかったんだな……」

とりあえずこれは箱のまま収納することにした。

幾ら効果が高くても、こんな物を着て外に出られるはずがない。

何より45歳のおばさんが着てはいけないものだ。これを着て許されるのは、若い女子だけだ。

よっこらしょ、と宝箱から銀色のケースを持ち上げる。すると、忘れかけていたあの声が久しぶりに聞こえてきた。

《ボスの討伐を確認しました。『恵みのダンジョン』の第1ステージが攻略されました》

「第1ステージ?」

地下五階のボスを倒した時も声が聞こえたので、それ自体は驚くことではないのだが……。

聞き慣れない言葉に、潤子は首を捻《ひね》った。

《称号〝『恵みのダンジョン』第1ステージ攻略者〟とギフト〝図鑑〟を取得しました》
《称号〝地球初第1ステージ攻略者〟とギフト〝休憩室〟を取得しました》
「はいぃ⁉」
続けざまに聞こえた内容に潤子は耳を疑った。
これまで何度も初めて何かを成し遂げた証の称号はあったが、まさか『地球初』とは。規模が大きすぎて混乱してしまうが、要は『世界初』という意味なのだろうか。
空から降って来る二つの光の球を受け取る。
まだ混乱する頭に、さらなる追い討ちが掛けられた。
《『恵みのダンジョン』の第2ステージを選択できます。第2ステージを選択しますか？》
「はぁあ？」
全く想定していなかった事態に潤子の脳は完全にその機能を停止した。

□

ダンジョンは未だに謎の塊だ。
その最も大きな疑問は何故ダンジョンが出現したのか、だろう。
その次がこの場所にできた理由があるのか、かもしれない。
だが残念ながらその二つの問いに答えられる者はいない。

しかし、謎とまではいかないが、ダンジョンに入って感じる疑問の幾つかは答えがあることが分かった。

・何故ステータスとスキルポイントは閲覧できないのか？
・何故スキル一覧が表示されないのか？
・何故恵みのダンジョンの魔物はスライム以外は野菜ばかりなのか？
・何故東京ダンジョンの魔物はスライム以外は鳥獣なのか？
・何故恵みのダンジョンの宝箱の中身はほとんどアクセサリーなのか？
・何故東京ダンジョンの宝箱の中身はほとんど武器なのか？
・何故恵みのダンジョンや東京ダンジョンのエリアは正方形なのか？
・何故階を進むごとにフィールドが1.5倍に広がって行くのか？
・何故東京ダンジョンでは一階からフィールド宝箱があるのに、恵みのダンジョンは地下七階まで存在しないのか？
・宝箱に中身は一度きりなのか？
・ボスは倒してもすぐ復活するのか？

……等々。

この疑問の答えはずばり『初期設定がそうだったから』だ。

ダンジョンの最初のステージである第1ステージは、縦横比率が1：1の正方形であり、広さが入り口の大きさに比例するということは全てに共通の設定であったらしい。

その他には、隠し部屋が各階一つ、フィールド上の宝箱は広さで個数が決められていた。

隠し部屋の宝箱からアイテムが出るのは各ステージで一度だけだが、フィールド上の宝箱はリポップする。ただ、その期間が1年と長かったため、潤子が何度見に行っても確認ができなかった。

ステータス欄やフィールドの拡張倍率も、全て同じように設定されていたらしい。

「つまり第2ステージを決める時にこれらは変更できるってことか」

初めて知った事実をようやく理解し、潤子は総括して呟いた。

ここはボス部屋からさらに奥に入った所だ。

『地球初』とか『第1ステージ』など予想もしなかった言葉に呆然としている間、謎の声がひたすら《第2ステージを選択しますか？》と繰り返した。

二十回以上も問われると煩わしくなり、思わず「はい」と口に出してしまったのだ。すると闘技場の奥の真っ暗な場所に、眩い光が生み出された。

街灯に導かれる蛾《が》のようにふらふらと近付く。

光を放っているのは大きな水晶の結晶だった。

《鑑定》すると《ダンジョンコア：恵みのダンジョンの動力源　ダンジョンの運営・管理・設定を行う》と表示された。

どうやらこれが、ダンジョンの心臓部であり、同時にダンジョンを管理する端末であるらしい。

一瞬、これを壊したらダンジョンがなくなるかもという考えが浮かんだ。

しかしおそらく破壊は不可能なのだろう。物凄いエネルギーの密度を感じるし、とてもじゃないが今のスキルを駆使しても傷すら付けられなさそうだ。そして不思議なことに、潤子自身も壊したいという衝動が全く湧かなかった。

「綺麗だなぁ……」

神秘的な輝きに、思わず手を伸ばす。

指先が結晶に触れた瞬間、頭の中に膨大な情報が流れ込んで来た。

それによって、ダンジョンで感じた様々な疑問が初期設定によるものだと理解できたのだ。

「ダンジョンを大きくする、かぁ……」

石に触れて分かったことは初期設定の件だけではない。

この恵みのダンジョンが現在エネルギー過多状態であるということだ。『ダンジョンコア』がこれほど深い青色をしているのは、その兆候らしい。逆にエネルギーが不足したコアは色が赤くなるようだ。真紅《しんく》にまでなると中の魔物が抑えきれず外へ流出してしまうスタンピードが発生する。

恵みのダンジョンがエネルギー過多状態になったのはボス戦直後であることも一因だが、その直前のレベル上げに大きな原因があるらしい。

魔物は倒されると光の粒になって消える。そして地面に吸収されて行くのだが、実はそれが、魔物の持つエネルギーをダンジョンに還元しているということらしいのだ。

そしてランクの高い魔物は相応に大きなエネルギーを持っており、還元率も高い。

レベル上げの際、恵みのダンジョンの中でも特にランクが高い魔物ばかりを集中的に呼び出し倒したため、ダンジョンが吸収したエネルギーが膨大になってしまった。

その多すぎるエネルギーの発散のためにもダンジョンを大きくした方がいいというコアの意思が伝わってきた。

ダンジョンにはそれぞれ、その大きさを示すダンジョンサイズが設定されている。

小さい順にSS、S、M、Lサイズ。現在、恵みのダンジョンはSSだ。その中でもさらに、一階が1㎞×1㎞というのは最小であるらしい。

モンスターを倒して還元されたエネルギーでダンジョンコアのエネルギーが溢れすぎると、ダンジョンが成長して広くなってしまう。

そしてダンジョンのサイズが上がれば、入り口も大きくなる。Sサイズの入り口は、最低でも2.5m四方くらいだという。

その大きさでは、今の床下収納には収まらなくなる。キッチンの半分以上が渦に呑まれて使用できなくなるだけでなく、他人から隠すことも難しくなってしまう。

ただし、大きくなればそれだけ過剰だったエネルギーも消費され、正常に戻る。

「エネルギーが過剰なのも問題だけど、消費のために大きくしてもなあ……」

それでは本末転倒だ。大きくなれば、ダンジョンの維持も一苦労になる。

一人でそれをしなければいけない潤子としては、簡単に頷くことなどできない。

「まあ、まずはどんなフィールドがあるのか見てから、大きくするかどうか決めてもいいかな」

ひとまず、選択できるフィールドの種類を表示させることにした。

第2ステージとして選択できるフィールドは多種多様にあった。

ゲーム画面のようなドット・CG調のものや、遊園地や博物館といった現実の施設に根ざしたもの、逆に現実にはあり得ないほど高く聳《そび》え立つ塔のような建築物もあれば、海や山や滝などの自然環境まである。

また、雰囲気も選択できるらしい。例えば城一つ取っても、純和風なものからアジア風、西欧風、近未来、宇宙など様々な組み合わせのフィールドが選択できた。

ダンジョンの形も正方形だけでなく長方形、六角形から円形、果ては星形まで様々な種類が存在した。

「出て来る魔物は選択したフィールドで決まるんだ」

恵みのダンジョンの第1ステージは洞窟&畑のダンジョンで、だからこそ野菜系の魔物が出る設定になっていたらしい。

だが、第2ステージで選ぶフィールドによってはこれまでと全く違う魔物が登場することになる。

——……それは嫌だな。

ダンジョン産の野菜の美味しさに目覚めてしまった潤子だ。今はまだ《アイテムボックス》にそれなりの量があるが、なくなればまたスーパーで購入することになる。

そうなってからダンジョン産が懐かしいなどと思う生活はしたくない。

その一方で、これまでの攻略で単調な洞窟と畑の光景には正直もう飽きてしまった。変更できるというのならぜひ変えたい。

「他にもここと同じ野菜が出るフィールドがあるのかな?」

そう口にした時、今まで目に見えていた大量のフィールド候補が消えた。

しばらくして別の画面が現れる。どうやら新たに提示されたものが、潤子が希望する野菜の魔物が登場するフィールドらしい。

「これがいいかも」

潤子が目を付けたのは【日本の農村】フィールドだ。日本各地の様々な農村の風景が階ごとに現れるという。またその日本の農村も古代から現代、さらには未来まで色々な時代設定が存在するようだ。

潤子は【日本の農村・昭和】を選んだ。

子供時代を過ごした懐かしい風景をもう一度見たいという思いからだ。

もう一つ良かったのは、このフィールドは縦に対して横が2倍の長方形の形で、最低のサイズでも第1ステージより倍の広さになる点だ。

これならダンジョンを成長させずにエネルギーも消費できる。

《第2ステージ【日本の農村・昭和】に決定しました。このフィールドは四季を設定することができます。設定しますか？》

「四季!?」

謎の声の思わぬ提案に驚きの声を上げた。

風景だけでなく、季節まで変えられるというのは意外だった。今までのフィールドでは、寒くもなく暑くもない、ちょうどいい気候で固定されていたためだ。

「もしかしてダンジョン内で花見ができちゃったりして……」

それは楽しそうだ。一人きりの花見など、傍から見れば涙を誘う光景だろうが、どうせこのダンジョンは自分だけのものなのだ。楽しんだ者が勝ちと言える。

そんな訳で潤子は四季ありで決定をした。

「本当は拡張倍率を下げたいんだけど」

初期設定で階を追うごとに1.5倍ずつ大きくなるダンジョン。この倍率も0.1ずつ変化させることができるようだ。だが、倍率を下げてしまうと消費も増えづらくなるため、分からないことを下手にいじるよりはこのままの方が安全だと思われた。

「あと消費量を増やせることって、宝箱とボスの出現条件くらい？」

これまで宝箱の中身は基本的にアクセサリーだった。

第2ステージに入る際、出て来るアイテムの種類を変えることができる。潤子の希望としては、できれば有用な防具が欲しい。武器は東京ダンジョンで出るので問題はないが、防具は自分ではそれほど良い物が作れない。材料もなかなか得られないのでレアな防具が作れないのもある。だから宝箱に期待したいのだが……。

「この選択は一度だけなのか……」

一旦変更してしまうと、以降、変更する機会は永久に失われてしまうらしい。

潤子は自分の外見に全く期待していないため着飾りたいとも思わない。その時間があれば、何か別の有意義なことに充てたいと思う人間だ。だからアクセサリーになんの興味もない。

成人式の際に両親からアクセサリーを買おうと提案された時ですら、卒論に使いたいからとPCを買ってもらったほどだ。

当時はとても高級品で、持っている人間だって少なかったから、潤子としては良い買い物だったのだが、両親は非常に不満げであった。

ともかく、そんな潤子であるから身を飾る道具としてのアクセサリーは不要だ。

だが、ダンジョンで出るアクセサリーは冒険の成否に関わる。だから設定は変えないことにした。

それに、防具が欲しければ日本にあと四ヶ所あるダンジョンを探せばいい。きっとどこかには、防具メインのダンジョンもあるだろう。

宝箱については、まだ設定がいじれるようである。それはリポップまでの期間だ。現在は1年に一回という全く有用でない設定だが、もっと短縮もできるらしい。

だが、当然そう美味い話ばかりではない。

初期設定より頻度を上げると、必ずしもお宝が出る訳ではないそうだ。

「ハズレが出るって……。ハズレって、魔物が出るのかな？　それとも空っぽだったり、ガラクタが入ってたりする？」

それはそれで楽しそうだ。最初の一回は良い物が出るから二度目以降にハズレが出ても、潤子にとっては大きな問題ではない。

しかも出現するお宝はランダムらしいので、もっと良い物が出る可能性もある。ハズレがある方が良い品が出る期待も高まるというものだ。

潤子は宝箱のリポップ期間をフィールド上は1ヶ月、隠し部屋は2ヶ月に設定した。

ボスはこれまで半月後にリポップすることになっていたが、最短の5日に縮めた。

それらの変更を終えてダンジョンコアの状態を見ると、全体が真っ青だった石の周辺が白く変わり、中心部分の青みもかなり薄まっていた。

「このくらいでいいか」

究極の目的は魔物を溢れさせないこと、ダンジョンを成長させないことだ。それ以外はおまけだし、潤子が頑張ればなんとかなる問題だ。

最後にステータスとスキルポイントをダンジョン内で見えるようにする。

スキル一覧については一部だけでも見せた方がいいかと悩んだが、今回は見合わせることにした。

そもそも潤子には必要ないし誰かが入るとするならばそれは潤子が倒れた後になる。スキル表示ができるダンジョンが存在することで、その後どんなことが起こるのか想像できない。責任も取れない事態を引き起こすことはとりあえずやめておこうと考えた。

「これで良し」

《第2ステージはこの設定で良いですか？》

潤子が呟くと謎の声が再度確認してくる。それに「はい」と答えると再び声が聞こえてきた。

《『恵みのダンジョン』第2ステージが設定されました》

《称号〝地球初第2ステージ設定者〟とギフト〝再生〟を取得しました》

《称号〝『恵みのダンジョン』第2ステージの設定者〟とギフト〝不老〟を取得しました》

立て続けに声がして空から二つの光の球が落ちて来る。それを反射的に受け取ってから、

「え？　《再生》に《不老》？」

聞こえた内容を反芻《はんすう》した。

何か恐ろしい文言を耳にしたことで、再確認のためにステータス欄を開こうとしたが、何故かできなくなっていた。

その理由はすぐに明らかになる。

《これより『恵みのダンジョン』は新ステージに移行します。ステージ変更のためダンジョン内生成物以外はダンジョン外に退去されます。ダンジョンへの再入場はこれより10時間後になります》

え？　と口に出す間もなかった。体が浮いたと感じた次の瞬間、潤子は慣れ親しんだ自宅のキッチンに立っていた。謎の声の通り強制退去させられたのだろう。

「第2ステージ……10時間後……？」

開かれたままの床下収納には、ダンジョンの入り口が変わらず黒い渦として存在している。

試しに触れてみたが、手は渦から弾かれてしまう。

自分はもしかして、とんでもないことをしでかしたのではないか。

確かにステージを設定している時はゲーム感覚で楽しかったのだが、よくよく考えると、本来の目的はダンジョンの維持であって、それを楽しむことではないはずなのだ。

ボス戦の余韻はとうに消えていた。新たな不安の種を自分で作り出してしまった迂闊《うかつ》な考えに、改めて疑念が湧いてくる。

「落ち着いて潤子。一度冷静になろう。さっき見たこと、もう一度……」

思い出してよく考えよう、という言葉を、潤子は続けることができなかった。

突然体がショックを受けたようにビクンと跳ね上がった。

意思に反し、体が痙攣《けいれん》する。

「な……何……？　頭が……」

先の衝撃に続けて全身の激しい震えが止まらない。頭や顔が熱くなり、病気で高熱を出した時のように意識が朦朧《もうろう》としてくる。次いで、頭の中にミシミシという不気味な音が響く。

崩れ落ちるようにキッチンの床に倒れ込んだ潤子は、床下収納の金属部分の冷たさを頬に感じたのを最後に、完全に意識を失った。

◆エピローグ

日本ダンジョン協会の定例会議は毎月一回開かれている。

協会幹部や職員だけでなく、防衛省・警察庁のダンジョン攻略部署の代表や、ダンジョン研究者、出資している企業の代表者などが集まり、攻略情報の報告の他にはダンジョン内での事故や問題、あるいは検証や実験結果などの報告がなされている。

とはいえ最近はかなり参加者も減り、形骸化《けいがいか》してきていた。

冒険者登録数は減りこそしないが、『魔石』や各種素材などの供給量はこの3年で下がり続けている。

新たなエネルギーや資源としてダンジョン開発に投資した企業も産出量の減少により資金を引き揚げる動きも出て来ていた。

しかし3月30日に開かれた会議はここ数年の中では珍しく参加者が多くなった。

相次ぐ新情報の提供で、下火になりかけたダンジョンへの期待感が久々に高まったからだ。

そのどことなく浮き立った雰囲気を、毎度律儀に参加している冒険者ギルド東京店店長の松島は興味深く眺めていた。

つい先日ステータス上昇の方法が判明し、行き詰まっていた攻略に明るい可能性が見えたことが大きかったのだろう。会議終了後、多くの人たちが雑談に興じ、新情報の収集に勤しんでいた。

「北海道ダンジョンは四階に到達したらしい」

「ついにか。長かったな」

「やっぱりステータスが上げられたことが大きい」

北海道は札幌《さっぽろ》に存在するダンジョンは、火山の中のようなダンジョンだ。

広島と同じく異常環境のダンジョンで、気温は一階でも三十五度を超える。

階が進めばさらに温度が上がり、冒険者は過酷な環境に耐えるため、耐熱服に酸素ボンベを背負って攻略を進めなければならない。

そんな重荷を背負っての攻略は魔物のレベルが上がるほどに難しくなる。攻略の前にまともに生存することも難しいのだから。

しかし今月になってステータスを上げられることが判明した。ステータスの上昇によって環境への対策ができ、とうとう四階へ到達したという報告が上がったのだ。

その他にも東京では日本初のスキルスクロールや宝箱が発見されたなど、これまでになかった情報が幾つも報告されている。

先ほどダンジョンアイテム研究部から報告があった件もそうだ。

報告は、東京ダンジョンの低階層に現れるFランクの魔物の鳥のドロップ品についてだ。

この鳥は全体的に緑色をしていて、背中に茶色の縞《しま》模様、羽に黄色の筋が入っている。

冒険者たちにはキミドリの通称で呼ばれる魔物だが、それが小さなキノコをドロップするのだ。

ギルドでは一個三十円で買い取っているのだが、売値が安い割に食べると美味しいので、売りに出す冒険者が少ないのが現状だ。

そのキノコが、条件を満たすと強い入眠作用を発揮することが分かった。

「松島さん、静かですけど何か気になることありました？」

「いや、さっき報告があったキノコの話を思い出したんだ」

「ああ『眠りの粉』ですか」

声を掛けてきたのは、日本ダンジョン協会システム部部長の安永《やすなが》だ。彼は松島より10歳近く若いシステムエンジニアで、その方面では天才で通っている。そんな彼は大のダンジョンマニアでもあるのだ。

しかし、彼には生まれつきの持病があり激しい運動はできない。冒険者としての活動ができない代わりに、ダンジョンに入る者から情報を収集することを何よりも楽しみにしていた。

「噂レベルの段階でも製薬会社から問い合わせが来てたとか」

「ああ、今回の検証で効果が実証された訳だから、きっと買取査定も変わるだろう」

キミドリの落とすキノコは、そのまま食べる分にはなんの効果もないのだが、乾燥させて粉末状にすると、一つ分でもF・Eランク程度の魔物を眠らせることができたという。

人間に対しても同じで、今のところは副作用も報告されていないため、薬剤への応用を検討しているようだ。今後は製薬会社も交えて研究を進めていくという。

「そういえばこの情報、ダンジョンを荒らしていた暴漢を退治した人からの情報だったとか」

「ああ、負傷した大学生が、助けてくれたという女性から聞いた話が最初らしい」

松島は以前、東京ダンジョンで起こった暴行事件を思い出した。

結局、助けた女性は名も名乗らずに姿を消してしまい、被害者の男女は混乱していて全くその人物の特徴を覚えていなかった。

大雑把な情報だが、年齢は30代前半くらい、やや小柄で細身だったらしいが、そんな女性はごまんといるため、なんの参考にもならなかった。

「そういえば……」

「なんです？」

松島はふと、被害者の青年が病室で語ってくれた話を思い出した。

ほとんど雑談めいた会話だったので、今の今まで忘れていたのだ。

「その大学生が言っていたんだが、その女性はキミドリのことをピーチクと言っていたらしい」

「ピーチク、ですか？　そんな通称、聞いたことがないですね」

情報管理がメインのシステム部では、ネット上の噂レベルの話も積極的に集めている。

安永はそういったことまで含めて一番知識のある人物だ。

その彼をして、ピーチクという名前には覚えがないらしい。松島は自分の中に浮かんだ仮説を素直に口にした。

「もしかして、それがあの鳥の正式な名前なんじゃないか」

「名前って……通称ではなく、魔物自体に種族名があるってことですか？　それをその女性は知っていた、と？」

すぐに松島はその仮説について忘れてほしい、とジェスチャーした。自分で口にしておいてなんだが、あまりに馬鹿げている。

だが、安永は血色の悪い顔に喜色を浮かべた。

「それが本当かどうか、その方に会って話を聞いてみたいですね」

安永はダンジョンについて、どんな情報でも欲しがっている。

そして松島もまた、立場ゆえにそうした情報を欲していた。

――やっぱりあの人じゃないのかな？

あの事件の後、被害者たちに一人の女性の写真を見せた。東京のダンジョンで初めて宝箱とスキルスクロールを見つけた彼女は、冒険者登録をしてまだひと月程度で、週末しかダンジョンに来ていない。

にもかかわらず毎回かなりの数の『魔石』をギルドに卸《おろ》して行く。レベルの上がりも非常に早く、45歳という年齢の女性にしては破格の成長を遂げている。

だからこそ暴漢を倒した人物が女性と聞いた時、あるいは彼女ではないかと真っ先に思ったのだ。

しかし被害者たちは3人とも見せられた写真を見てはっきり違うと首を振った。容貌《ようぼう》は細かく覚えていないものの、少なくともこんな地味なおばさんではなく、もっと若く綺麗な人だったと。

確かに体格のいい若い男二人を一撃で倒したのだ。言い分は分からないでもない。

それでも、松島はどこかでまだ彼女ではないかという気持ちが捨てられないでいた。

「松島さん？」

つい考え込んでしまっていた。顔を覗き込んでくる安永になんでもないと答え、松島は荷物をまとめて会場を後にした。

明日は土曜日だ。受付をしている杉村の話では、その人物は土日のどちらかには顔を出すということだった。

だからギルドに顔を出した時、一度彼女に率直《そっちょく》に尋ねてみようと思ったのだ。

だがこの週末、彼が話をしたいと思っていた女性——鷹丘潤子が、冒険者ギルド東京店に顔を出すことはなかった。

□

4月2日、朝。

潤子は自宅近くの寺を訪れていた。今日は朝のダンジョン攻略は休んでいる。

鷹丘家之墓、と刻まれた墓石の前に立った潤子は、意外な事態に目を丸くした。

「珍しい。徹が来たのかな？」

墓は掃除され、まだ瑞々しい切り花が供えられていた。

半年前のこの日。潤子の両親は買い物に向かう途中、交通事故に巻き込まれた。勤務中の潤子に連絡が来た時には、両親はすでにこの世を去った後だった。

駆けつけた病院で対面した両親は朝に見た時とはあまりにも違う姿で、これが現実だと受け入れるにはしばらく時間が必要だった。

その日から、潤子はずっと一人だ。弟夫婦は離れて暮らすため、遺骨を墓に納めた後は連絡もなくなった。

薄情者だとも思ったが、それでも半年が経ち、思うところがあったのか、昨日辺り墓参りに訪れたのだろう。

まだ、家族を忘れた訳ではなかったんだ。たった一人の肉親の心が離れていなかったことに、潤子は安堵した。

花を替え、線香を供えてから、潤子は墓に手を合わせた。しばらくそうしてから、とつとつと語り始める。

「家にダンジョンができたのは知ってるよね。この花は、そこで摘んできたの。フリージア、お母さんが好きだったでしょ？」

第1ステージでは『魔石』とドロップアイテム、そして宝箱の中身以外は何もなかったが、新しいステージは多少違うらしい。

季節が変化する中で移り行くもの……例えば咲いている花などは、採取してダンジョン外に持ち出すことも可能だった。

昨日の朝から入れるようになった第2ステージ一階は現在、春。花が最も美しい季節だ。

畑はまだ何も作物が見えないが、農家の庭先には美しい花が咲いていた。その中に母の好きな花を見つけ、墓に供えようと拝借して来たのだ。

「見てくれてる？　私、結構頑張ってるでしょ。あんたは家じゃ何もしないなんて、今はもう言わないよね？」

両親が生きていた頃、潤子は極度の面倒くさがりで、家事手伝いなど洗濯程度しかやらなかった。あとは自分のことに時間を使っており、それを両親に咎められることも多々あった。

二人がいなくなった後、生きるために仕方なく家事を始めたが、それらは全て、単調な日常の一コマでしかなかった。

でも、今は違う。ダンジョンを見つけて約1ヶ月。

安定のために朝夜と戦いに明け暮れ、時間確保のために家事も精力的にこなした。ただ生きるためではなく、目的を持って取り組んだのは初めてのことであった。

そうして地球上で初めて第1ステージを攻略した人間にもなった。

そんなこと、両親が生きている内は潤子自身でさえできるはずがないと思っていた。

墓の前で語り掛けながら両親を懐かしむ。漂う線香の香りに、両親に連れられて何度も参加した法事を思い出した。もう二人は、催される側になってしまったのだが。

「そうだ、見せたいものがあるの」

そう言って潤子は傍に落ちていた自分の手よりも大きな石を右手で持ち上げ、ぐっと力を込めた。石は手の中で粉々に砕け、欠片《かけら》となって散らばった。

「凄いでしょ？　右手でこんなことができるなんて！」

中学時代、スポーツテストで自分は右が極端に非力なことを自覚した。

それは単に父親譲りの不器用であると思っていたし、実際に父からもそう言われていた。だが、40歳になった頃。右足が上手く動かない気がして、MRIを撮ってもらったのだ。すると、自分の脳が他人と違う形をしていることが分かった。

困惑する潤子に、医師はこう告げた。

「鷹丘さんは子供の頃、小児麻痺《しょうに》だったでしょう?」

衝撃の事実であった。

自分の脳は一部に空洞ができている。それが原因で、右半身に力が入りづらいのだと。

事実を知ってからも、別に何が変わった訳ではなかった。

今までだってさほど幸運に恵まれた人生ではなかったのだ。その中に不運が一つ、増えただけだった。

ダンジョンで強くなった結果、こうして石を潰せる程度の力を得たのだが、今日両親に報告したかったのはそれだけではない。

「あの時はビックリした。まさか自分にそんな過去があったなんて、知らなかったから。でも今は、もっと驚いてるんだ。私の脳の隙間、たぶんなくなっちゃったと思う」

地下十階のボスを倒し、ダンジョンから強制退出させられた潤子がキッチンで目を覚ましたのは、日付が変わる直前だった。

真っ暗な部屋の中で体を起こした時、口の中に何やら異物がたくさん入っていることに気付いた。

キッチンに置かれていた小さめのボウルに異物を吐き出すと、金属がぶつかる音がした。

疑問に思いつつも、口をゆすぐためにグラスを取ろうとした。

パリンッ！

だが、右手で掴んだ瞬間、ガラスのコップが音を立てて壊れたのだ。

思わず手を離してしまう。落とした破片を探り当てて掴もうとするも、それも粉々に割れてしまった。

グラスを替えても同じだ。何故そんなことが起こるのか。潤子は困惑し、とりあえず灯《あか》りを点けるため左手でキッチンの照明のボタンを押した。

電灯に照らされたボウルの中身が光を反射している。くすんだ汚い塊は、どうやら金属であるらしかった。

そんな物を口に入れた覚えはない。いつこんな物が入ったのか思い出そうとして、唯一の可能性に行き当たった。

「これって……銀歯だよね」

よく見れば、それらは歯の治療に使う詰め物であった。どういう訳か潤子の歯から勝手に外れてしまったらしい。

舌で治療痕を触ると、妙な感触があった。歯の詰め物が外れたのだから、今は穴が空いているはずだ。

だが、洗面所で鏡に向かって口を開けた時、潤子は驚きで目を見開いた。そこに幾つもあった金属片の一切がなくなり、真っ白で自然な歯が《再生》していた。

「もしかして、ギフトの影響？」

慌てて《鑑定》でステータスを見ると、ダンジョンのボス部屋で耳にした称号とギフトが追加されていた。《再生》は肉体の損傷や機能の低下を完全に回復させるらしい。それが古傷や、治る見込みのない障害であっても、だ。治療痕が消えたのもそのためだろう。詰め物は異物扱いされた訳だ。

くすり、と墓の前で潤子は笑みをこぼした。そして両親に見せるように、両手を開いたり閉じたりを繰り返した。

「凄いでしょ？　右手が左手より強くなっちゃった。《再生》で脳の隙間が治ったんだよ。生きてさえいれば、手足がなくなっても時間を掛ければ元に戻るみたい。信じられないよね」

これまで無意識に力を込めて物を掴んでいた右手は、今や力を抑えるのに苦労しているくらいだ。

「私、頑張るよ。あの家を絶対に守ってみせる。だから、ちゃんと見ていてね」

そろそろ日の出の頃だろう。空が明るくなっている。潤子は線香の火を消し、灰を片付けた。

墓に一礼して、その場を後にする潤子の背中は、どこか自信に満ちていた。

□

ジャンプが決まる度、テレビから大きな歓声が聞こえて来る。曲の高まりに煽られるようにして、会場のボルテージも上がって行く。

やがてそれは、大一番でシーズンを通した不調を覆した選手への、賛辞を含んだ熱狂へ変わった。

「これは完璧な勝利だね！　これで全タイトル獲得か。良かったね」

テレビに映っているのは、先月行われたフィギュアスケート世界選手権だ。カメラはたった今演技を終えた少女に向けられている。

自身の得点に喜び、満面の笑みを浮かべる少女。彼女は15歳という若さで五輪金メダルを獲得しつつも、成長や環境の変化から成績を落としていた。だが、その苦境もついに報われたのだ。

どこか自分に重なるものを見出した潤子は、テレビの前で惜しみない拍手を送った。

潤子はスポーツ観戦が趣味の一つでもあり、特にフィギュアスケートの主要大会は、毎年ほぼ欠かさず観ている。今回も地下十階のボスに挑む前に、観れたら観ようと一応録画をしておいたのだ。無事、次のステージに進めたことから、こうして平和な時間を過ごせているという訳だ。

最近の潤子の生活は平穏そのものだ。帰宅したら夕食を摂り、ゆっくりテレビなど観れている。

その理由の一つは、恵みのダンジョンの安定が確認できたことにある。

以前は分からなかったが、コアを直接目にしたことで、こうして余裕を持ちつつ、毎日それなりに魔物を倒していけば問題ないと確信したのだ。

そしてもう一つの理由は、新たなギフト《休憩室》だ。このおかげで、仕事や睡眠以外の時間をほぼ全てダンジョン攻略に充てなくても良くなった。

「そろそろ行くか」

帰宅してゆっくりと入浴し、その後夕食。紅茶を片手にのんびりとダンジョン出現前のような時間を過ごしてから、床下収納を開けてダンジョンへ入って行った。

□

第2ステージではまず、体を調整することから始めなければいけなかった。

《再生》によって運動障害を回復させた潤子の体は、長年染み付いた癖によって今度は左側が遅れるようになってしまっていたのだ。リハビリのため、攻略が始まった日曜日はひたすら一階を歩いていた。

「季節が動いたかな？　もう初夏って感じだね」

ダンジョンを降りた潤子はそうこぼした。なんとなく、周囲の気温も高く感じる。つい一昨日は満開の桜が咲いていたのに、もう青々とした若葉に変わっている。

第2ステージのフィールドに【日本の農村・昭和】を設定したことで、入口から降り立つ場所も見える景色もがらりと変わった。以前は洞窟のようであったそこは、農村の高台に建つ小学校の校庭になっており、フェンス越しに見下ろすと、木造の家屋や作物の育ち始めた農地が広がっていた。

この数日で、家屋の中に自由に入れることも確認している。中は無人だが、戸棚や箪笥《たんす》も開けることができた。ただし、中の道具や衣類は不思議と持ち出せなかったのだが。

鍵の掛かった蔵が隠し部屋であったりと、ＲＰＧのような楽しみもあった。

しばし景色を堪能してから、潤子はおもむろに《休憩室》を発動させた。

念じるだけで眼の前に金のドアノブが付いた真っ白な扉が現れる。その中に入ると、これまた真っ白な空間が広がっていた。かなり広い空間だが、衣装ケースとベッドしか置かれていない。

潤子は衣装ケースからパジャマを取り出して着替え、ベッドに横たわって眠りについた。

□

「あー、よく寝た」

《睡眠》の効果から目覚めた潤子は大きく伸びをした。

こうして《休憩室》内で寝起きするのが、第2ステージに移行してからの潤子の毎日だ。

《休憩室》の効果は1日に1時間だけ、ダンジョンと別の空間を出現させて利用できる、というものだ。

字面はささやかなものであるが、その効果はギフトの名に恥じないとんでもないものであった。

この空間では外の1／60しか時間が流れない。つまり中の1時間は外の1分になる。外の1時間は中の60時間になるため、ぐっすり眠ってもお釣りが来るのだ。

さらに１００ｍ四方の広い空間を、念じるだけで自由に壁で区切ったりすることもできる。こうして、物を持ち込んで置いておくことすら可能だ。

能力を理解してから、潤子は《休憩室》に入り浸っていた。

「今日も外で食べるか。天気いいし」

冒険用の服に着替えて外に出る。季節が春だった頃は、校庭の片隅にシートを敷いてお花見などしたものだ。今は初夏、まだまだ外で食べても気持ちの良い気候だ。

——本当に、不思議な世界だなあ。

朝食のサンドイッチを食べながら、改めてそんな感想を抱いた。

食べ終えたら本日の攻略の開始だ。第2ステージは1km×2km程度の盆地になっている。美しい山々に囲まれたフィールドは、海の近くで育った潤子にとっては新鮮に映りながらも、どこか懐かしさをも感じさせた。

一階の敵の構成も、第1ステージとは様変わりしていた。

第1ステージの地下二階以降の魔物に加え、アサツキや分葱《わけぎ》といった魔物も現れたのだ。ネギはネギとしてざっくり認識していた潤子は当初、区別が理解できずにネットで検索したりもしたが、結果、食卓はさらに豊かなものになったのだ。

攻略を続ける中で、潤子は季節による変化を見つけた。

「ここは蕎麦《そば》畑だったんだ」

初めて足を踏み入れた時は何もなかった畑だが、初夏に移ったことでだいぶ成長していた。《鑑定》してみると、それらが蕎麦であると判明した。

「魔物じゃないみたいだけど、成長したら収穫できるのかな?」

仮にそうであれば、魔物を倒さなくても作物が手に入る。咲いている花を摘み取ることができたから不可能ではない気がする。

ただ、魔物のドロップ品ではない野花などは、地上に持ち出すと数日で跡形もなく消えてしまう。枯れたり朽ちたりはしないのだが、まるでエネルギーを失い消滅した感じになるのだ。蕎麦を収穫できたとして、どうなるかは実験してみないと分からない。

「蕎麦は成長が早いっていうし、明後日くらいには収穫できたりして？」

もし蕎麦が収穫できれば……と潤子は期待に胸を膨らませた。すでに足を踏み入れている地下二階が水田地帯だったのだ。広々とした田んぼの中に実るであろう米は、食費をさらに削減するのに一役買うはずだ。

皮算用をしていると、魔物の気配があった。Fランクのようだ。

まだまだリハビリの完了していない潤子は、低ランクの魔物相手に魔法は使わず、なるべく物理攻撃で戦うことにしていた。《転移》もなるべく使わずに歩いて移動することを心掛けている。

休憩を挟みつつ、朝の6時まで魔物を狩り続ける。時間が来たら魔法で体を綺麗にして、もう一度《休憩室》へ。そして出社のために起き、自宅へ戻るのだ。

「だいぶ自然に動けるようになったけど、気を抜くとすぐに壊しちゃうなあ」

着替えを終えてお茶でも飲もうと湯飲みを取ろうとして、失敗して割ってしまった。幸い《修復》があるので、簡単な物はすぐに直せる。

だが、うっかり会社で備品を壊さないよう、力加減に気を付けなければいけないだろう。

ふと机の上を見ると、充電していた携帯電話が青い光を発していることに気が付いた。

「メール？　また変な迷惑メールが溜まってるのかな」

潤子は未だにガラケーを使っている。頻繁にやり取りする相手もおらず、最低限の連絡ができればいいので不便はしていない。そんな潤子に最も頻繁に届くのは、程度の低い迷惑メールだ。何度受信拒否を設定してもなかなか途絶えることがなく、辟易《へきえき》していた。

「あれ、桜からだ」

ひとまずの確認で開いたメールボックスに見つけたのは、高校時代に部活で出会った、人生で唯一付き合いのある親友の名前であった。

遺言書を渡す相手の一人でもある彼女は、ある時期になると必ずこんなメールを出して来るのだ。

Ｆｒｏｍ　藤原桜
件名　ご予定は？
　久しぶり。元気だった？
もうすぐ恒例のアラン祭りが始まるみたいだけど、いつ行く？

「春のアラン祭り、ね。もうそんな時期なんだ……」

『名探偵アラン』は少年誌に長期連載されている漫画だ。アニメ化、映画化と多数のメディア展開がなされており、雑誌の顔であると共に国民的な人気も博している。

潤子も桜も、連載開始から25年間追い続けている。その漫画の、劇場アニメ最新作が公開される時期なのだった。

その中の怪盗キャラが好きな潤子は、昨年の映画のラストで予告を観た時、次も必ず観ようと心に決めていたのだ。

すぐに返信しようとして、潤子はふと気が付いた。

行くか行かないか、ではなくいつ行くのか。そんな質問が自然になっているほど、一緒に観に行くのが定番の行事となっていた。

そんなこともメールを見るまで気付けていなかったのだ。ダンジョン攻略に明け暮れた日々の中で、いつの間にか日常を忘れてしまっていたのかもしれない。

親友のメールは、潤子に改めて世界との乖離《かいり》を実感させた。

To　藤原　桜

件名　Re：ご予定は？

元気だよ。最近は色々あったけど……。

もうそんな時期なんだね。

それじゃあ、来週の土曜日で。

あとがき

初めまして。神谷透子《かみやとうこ》と申します。

この度は「美味しいダンジョン生活」をお手に取って頂きましてありがとうございます。

主人公の鷹丘潤子は1973年8月16日生まれの45歳。

彼女は今まで結婚など考えたこともなく、地元の中小企業に勤めながら、両親と共に実家で暮らしていました。これまでの人生で数々のついていない出来事に見舞われながらも慎ましく生きるだけの普通のOLでした。

しかし不幸な交通事故で両親が突然亡くなり、潤子は一人きりになってしまいます。

その後しばらくして、自宅の床下収納にダンジョンの入り口が出来ていることを発見するのです。

このことが公になれば最後に残った居場所まで失うことになってしまう……。そんな状況に、これまでどんな不幸な出来事や不快な言葉も、ただ受け止め、耐えてきた潤子は、初めて抗うことを決意します。

そして潤子は冒険者となり自らダンジョンに降りてゆくのです。

このお話はそんな、ある日突然に人生が変わってしまった、45歳のおばさん事務員が自分の居場所を守るための戦いを描いたお話です。

この作品は小説家になろう様で掲載させて頂いております。

予想に反し、掲載当初から大勢の方より評価や感想を頂いてしまいました。

私自身がおばさんと呼ばれる年齢で、自分が家の地下にダンジョンを見つけたらどうするだろう、と思い書き始めたお話でした。

「おばさんだってやるときはやるんだよ」

そんな気持ちで書いてきました。それが多くの反響と共に、こうして書籍化のお話まで頂けたことに大変驚いております。本当にありがとうございます。

作品の書籍化にあたり、多くの方々の御助力を頂きました。

何度もご連絡頂きました担当編集者様、及び編集部の皆様。素敵な挿絵を描いて頂けましたＤＡＭＤＡ様。何より、このお話を読んでくださった沢山の方々。本当に感謝いたします。

またお目にかかれることを願いまして。

神谷透子

BKブックス

美味しいダンジョン生活

2019年9月20日　初版第一刷発行

著　者　神谷透子《かみやとうこ》

イラストレーター　DAMDA《ダムダ》

発行人　大島雄司

発行所　株式会社ぶんか社
〒102-8405　東京都千代田区一番町29-6
TEL 03-3222-5125（編集部）
TEL 03-3222-5115（出版営業部）
www.bunkasha.co.jp

装　丁　AFTERGLOW

編　集　株式会社 パルプライド

印刷所　大日本印刷株式会社

ISBN978-4-8211-4529-4